狄金森诗抄
{上}
The Collected Poems by Emily Dickinson

周林东——译

人民文学出版社

Wild nights – Wild nights!
Were I with thee
Wild nights should be
Our luxury!

Futile – the winds –
To a heart in port –
Done with the Compass –
Done with the Chart!

Rowing in Eden –
Ah, the Sea!
Might I but moor –
Tonight –
In thee!
_____

Е. Ч.

Emily Dickinson

The Collected Poems

图书在版编目（CIP）数据

狄金森诗抄：全2册/（美）艾米莉·狄金森著；周林东译.—北京：人民文学出版社，2018
ISBN 978-7-02-013689-6

Ⅰ.①狄… Ⅱ.①艾…②周… Ⅲ.①诗集—美国—近代 Ⅳ.①I712.24

中国版本图书馆CIP数据核字（2018）第013045号

责任编辑　马爱农
装帧设计　刘　静
责任印制　任　祎

出版发行　人民文学出版社
社　　址　北京市朝内大街166号
邮政编码　100705
网　　址　http://www.rw-cn.com

印　　刷　中煤（北京）印务有限公司
经　　销　全国新华书店等

字　　数　136千字
开　　本　850毫米×1168毫米　1/32
印　　张　23.5　插页6
印　　数　1—5000
版　　次　2019年7月北京第1版
印　　次　2019年7月第1次印刷

书　　号　978-7-02-013689-6
定　　价　128.00元（全两册）

如有印装质量问题，请与本社图书销售中心调换。电话：010－65233595

目录

001 译序

003 致奥斯汀
004 西天的向往
005 我的春鸟
007 十二神仙
008 探险
009 人生
010 秋日
011 睡眠和破晓
012 致苏珊
014 晚霞
015 夏日的玫瑰
016 赌徒
017 失恋记
019 纪念
020 死者寄语
021 一朵雏菊
022 小船的去处
023 寄语
024 当玫瑰停止开放
025 无题

026 公平的大自然
027 一朵小玫瑰
028 雪花进城
029 问题
030 生存网
031 一个臆想
032 当我
033 丛林里
034 好汉
035 死人的场面
036 闺怨
037 遭劫
038 人生过客
039 荒村
040 小船的渴望
041 平等的王国
042 如果
043 微笑的种子
044 给——
045 无题

046 成功的滋味
047 哀荣
048 人生
049 死别
050 美丽
051 世事
052 春天到
053 至乐
054 逃
055 到天堂去
057 生命之美
058 给——
059 艳阳天
060 恸
061 无题
062 散步归来
063 她
064 我的朋友
065 天使们
066 弥留
067 寻访
068 花儿和彩虹
069 时序
070 朝圣早晨
071 上坟
072 人生一态
073 雏菊与太阳
074 小船的迷失
075 外科医生
076 锻炼友谊
077 纪念
078 山中
079 福地
080 人间与自然
081 陌生之地
082 旅店
083 无题
084 残忍
085 落日
086 无题

087 阿尔卑斯的向往
088 补偿
089 勇敢的心
090 世事沧桑
091 赞歌
092 小阳春
093 期待春天
094 我的花儿
095 心爱
096 清流的价值
097 心上的小溪
098 致灵魂
099 风景
100 安慰亡灵
101 殇
103 无题（一）
104 无题（二）
105 人生之谜
106 歌
107 临终

108 人之需
109 我的大河
110 鸟妈妈
111 受伤的小鹿
112 人生
113 请教高明
114 心中的宝藏
115 遗嘱
116 无题
117 主妇的西去
118 无题
119 幽会
120 大地上的奥秘
121 小小的心
122 人生的顿悟
123 狂风后
124 我的角色
125 致——
126 摔跤记
127 送友西去

128 免见
129 回家
130 速写
131 胶卷里的思想
132 期待与心跳
133 请问
134 大自然的佳酿
135 死者与人间
136 致——
137 晚霞主妇
138 冬之感
139 凯蒂的好朋友
140 星星
141 游伴
142 天堂
143 痛苦的脸相
144 灵魂
145 失去的宝石
146 天门的障碍
147 致大海
148 诗人
149 天真
150 希望
151 解脱
152 绝望的印章
153 烛光
154 晚霞即景
155 自白
156 歪主意
157 见鬼
158 英语
159 自由的向往
160 世道
161 告别
162 脑海里的葬礼
163 一滴水
164 一只钟停了
165 名气
166 路边小屋
168 最后的慰藉

169 风
170 思绪
171 我在想
172 心灵的友伴
173 白天来了
174 心智的大敌
175 画家
176 我的大作
177 女人的心
178 雪
179 草木的灵性
180 搏击命运
181 日落日出
182 练
183 好运
184 安息日
185 我的行当
186 共享才快乐
187 小鸟
188 快活与辛酸

189 小草
190 生之苦
191 夏日离去
192 哀痛难了
193 黎明前
194 永恒
195 初到天堂
196 无题
197 物件
198 无题
199 闪电
200 死者活着
201 回忆
202 殇
203 在图书馆
205 人生
206 天国的景象
207 生命与信仰
208 秘密
209 关于死

210 自由
211 对话
212 送葬
214 死神
215 百合花
216 高处的房舍
217 命数
218 我之见
219 战场
220 直面黑暗
221 心事
222 人生
223 留恋人间
224 月亮和大海
225 天堂之设想
226 有感
227 风儿的来访
228 美味的要素
229 给世人的信
230 龙胆草

231 去年这时候
233 致大黄蜂
234 诗人
235 真与美
236 遐想
237 爱情
238 去意彷徨
239 厮守
240 死之哀
241 我的财富
242 玩童
243 太阳
244 活着
246 双重的失落
247 命运
248 人生
249 答问
250 即景
251 愧疚
252 我的花园

253 我在家里
254 相会在天堂
255 木匠
256 残忍
257 求助
258 爱的等待
259 美的劳作
260 看海
262 肉与灵
263 歌声来自哪里
264 心中的火
265 两只蝴蝶
266 心的希求
267 不自量
268 平生一怕
269 诗人和画家
270 无题
271 垂死的眼光
272 爱是不朽
273 耻辱与高贵

274 黑莓
275 背负苦难
277 救虎
278 诗人
279 关于美
280 偶感
281 灵与肉
282 胃口
283 婚姻别解
284 语言的局限
285 火车
286 不忍
288 家
289 灵魂的苦斗
290 落日
291 彻骨之痛
292 书香
293 故园
295 自强
296 人生之旅

297 针线活
298 海难
299 生机处处
300 有感
301 相会
302 头脑
303 无题
304 读信
305 思念
306 蜂蝶之乐
307 痛苦
308 著名的睡眠
309 我的职业
310 向往
311 选择
312 大自然
313 未来
314 灵魂的嘉宾
315 玫瑰油
316 人生
317 无题
318 灵魂
319 得与失
320 哀痛难了
321 无题
322 记感
323 临终
324 致猫头鹰
325 思绪重现
326 命运
327 无题
328 关于发表
329 源头活水
330 彩车
332 关于名气
333 有感
334 小乞丐
335 苦涩的记忆
336 伟大的圣水
337 致——

338 致——
339 女人
340 世事渺茫
341 四棵树
342 悔恨
343 死亡
344 爱的顺应
345 人生
346 鸟为谁歌
347 死之旅
348 生之褒奖
349 生之无辜
350 预兆
351 信念
352 人性·神性
353 无题
354 挑战绝望
355 道理
356 痛苦
357 天上的事

358 爱的等待
359 无题
360 幸福的魔力
361 大自然
363 知足
364 即景
365 愧疚
366 巨人与小人
367 看鸟
368 苦难的价值
369 爱的名字
370 慈悲和赞美
371 怀念春光
372 生命的花朵
373 暴风雨
374 亲人
375 爱情像什么
376 知更
377 乡村墓地
378 未发现的大陆

- 379 躬身
- 380 无题
- 381 有感
- 382 上帝与真理
- 383 挑战
- 384 日子
- 385 爱的终了
- 386 我的财富
- 387 春天
- 388 感怀
- 389 失败与冒险
- 390 黑暗与歌声
- 391 致多疑者
- 392 距离
- 393 有感
- 394 孤坟
- 395 思念
- 396 太阳
- 397 鸟儿·玫瑰·女士
- 398 怀念
- 399 诗人们
- 400 海
- 401 爱的式样
- 402 一个臆想
- 403 大自然的哨兵
- 404 有感
- 405 给——
- 406 经验
- 407 信仰之桥
- 408 爱
- 409 心愿
- 410 太阳
- 411 另一征途
- 412 耐心
- 413 天堂和地狱
- 414 一天的印象
- 415 失落的思想
- 416 高尚的想头
- 417 丧钟
- 418 红霞

419 霜冻
420 对比
421 好去处
422 痛苦
423 大山
424 死与灵
425 潜心
426 蛇
428 树叶
429 美的定义
430 好的东西
431 美德与太阳
432 晨曦
433 偶成
434 坚贞
435 名声
436 家
437 爱的付出
438 偶成
439 有感

440 盲者
441 西去的人
442 命运与意志
443 啄木鸟
444 家蝇的信
445 无题
446 我和花儿
447 教益
448 大自然的色彩
449 痛苦的相好
450 上帝的地址
451 访客
452 日常的福分
453 空气
454 轻生
455 亲近死神
456 有感
457 火
458 衡量之源
459 愁云

460 大自然的客栈
461 且等来世
462 太阳下山
463 抗争命运
464 一只孤鸟
465 上帝的旨意
466 水井和小溪
467 有感
468 财富
469 有感
470 恻隐之心
471 大自然的展览
472 送终
474 经验
475 夜的来临
476 世道
477 人渣
478 大火
479 别样的孤独
480 得意之后
481 无题

482 白天
483 隔膜
484 理由
485 诗之思
486 无题
487 真理的光芒
488 老人
489 关于欢乐
490 风
491 风
492 织网
493 大厦与灵魂
494 无题
495 墓地
496 太阳出来
497 小孩的去向
498 无题
499 警告
500 世人的通病
501 欢乐与悲痛

502 无题
503 记忆之屋
504 欢乐的离去
505 太阳与大雾
506 盖棺论定
507 夏日煦风
508 朋友和财富
509 我的小溪
510 往事
511 关于马戏
512 大海和小溪
513 麻雀
514 话语
515 三月
516 功业
517 无题
518 无题
519 世俗
520 关于名望
521 无题
522 无题
523 两种乞讨
524 无题
525 蝴蝶
526 蝴蝶
527 诗与爱
528 无题
529 二月天
530 无题
531 冬日景象
532 渴望
533 书
534 盖子
535 麦子
536 无题
537 无题
538 记忆
539 蜘蛛
540 时令
541 绝望的克星
542 黄昏

543 老年	
544 希望的杀手	564 有感
545 世态	565 心灵和思想
546 无奈	566 心灵与思想
547 青年	567 老鼠
548 昨天	568 夏天
549 生涯	569 无题
550 生命的积蓄	570 心的破碎
551 心碎	571 栗子的衣裳
552 致死神	572 松鼠
553 爱与乞	573 美梦
554 永不言止	574 无题
555 亲爱的三月	575 心里的早晨
557 丝线与绳索	576 名演说家
558 春的疯狂	577 珍惜夏天
559 无题	578 蝴蝶
560 蜜蜂与玫瑰	579 大自然的吉他
561 老人	580 小小的微笑
562 纪念	581 希望
563 逃离	582 暴风雨
	583 爱的奔赴

584 知己
585 农场口占
586 羞耻
587 等待夏天
588 最美的家
589 春日洪水
590 纪念
591 露珠
592 小小灾星
593 无题
594 有感
595 无题
596 伯沙撒王
597 面孔
598 无知与生涯
599 蜂鸟
600 蓝知更
601 词语
602 萤火虫
603 无题
604 夏日的天空

605 关于美
606 纪念
607 希望
608 闺怨
609 偶成
610 地堂
611 脑海里
612 人生
613 寄语死者
614 记忆之树
615 复仇的时机
616 小石头
617 我的国家
618 无题
619 不再的事
620 榜样
621 无题
622 触景
623 春的阵痛
624 放学后

- 625 无题
- 626 偶成
- 627 打油
- 628 夏之消逝
- 629 天堂何方
- 630 希望
- 631 这一生
- 632 偶感
- 633 那时候
- 634 无题
- 635 关于死神
- 636 劝慰
- 637 慢
- 638 蝙蝠
- 639 早晨
- 640 记忆
- 641 无题
- 642 关于巫术
- 643 鸟儿的歌
- 644 松了绑的灵魂
- 645 狂风
- 646 有感
- 647 诉求上帝
- 648 疑惑
- 649 哀思
- 650 蜜蜂的启示
- 651 感激的外套
- 652 现实
- 653 憧憬黎明
- 654 天道
- 655 神秘之旅
- 656 无题
- 657 人间快事
- 658 无题
- 659 美的眷顾
- 660 生客
- 661 人生之航
- 662 伊甸园
- 663 名声
- 664 寄语

665　人
666　星光大厅
667　险象与沉着
668　爱的表述
669　我与永恒
670　蝴蝶
671　英雄行为
672　风退却
673　灵魂的去处
674　偶感
675　高尚
676　无题
677　丧亲
678　如果
679　关于巫术
680　众生一相
681　日子
682　抗争死神
683　大实话
684　无题

685　无题
686　鸟爸爸
687　生活
688　记感
689　辨别的要素
690　无题
691　爱的无奈
692　死的感受
693　致死者
694　怀念童年
695　长虫
696　人之私
697　思念
698　寄语死者
699　人间奥秘
700　无题
701　墓地口占
702　思念
703　有感
704　母爱

705 无题

706 有感

707 墓地纪实

708 造化

709 传闻

710 歌

711 关于爱

712 无题

713 夏日匆匆

714 极乐和极悲

715 地球

716 译者附言

译　序

一百多年前，美国马萨诸塞州的艾默斯特是个美丽的乡村小镇，居民只有三千人，却有无数的树木、草地、蝴蝶、花丛。一八三〇年十二月十日清晨，小镇添了一位小居民：艾米莉·狄金森。

艾米莉的父亲爱德华·狄金森是镇上很有名望的律师。他耶鲁大学毕业后跟本州一个农场主的女儿结婚。他们有三个孩子：儿子奥斯汀比艾米莉大一岁，小女儿维妮比艾米莉小三岁。艾米莉跟哥哥一起上学，兄妹俩如影随形，结交了一群快乐的少男少女。他们远足、野餐、采集标本、观察大自然。情人节到了，艾米莉便煞有介事地写诗、寄贺卡。她写给哥哥的诗还加了插图。

艾米莉爱读书，家里藏书也不少。但她爸爸很传统，唯恐孩子们读书太杂，只鼓励熟读《圣经》。有次她的哥哥把朗费罗的一本小说《卡瓦讷》带回家放在钢琴盖下向艾米莉示意,她一口气读完。她爸爸知道后很不高兴。哥哥的一个朋友常常给她送书,约定把书放在门外一个小灌木丛下交换。她第一次读了莎士比亚,十分激动,心想为什么还要有别的书。她也喜欢济慈和白朗宁夫人以及别的一些作家,珍藏着白朗宁夫人的三幅画像。许多年后,一八六二年,她写信给她的诗歌指导老师希金森,表示愿意送他一幅。在这同一封信里,她回忆起自己的童年:"还是小姑娘时,我常常到林子里游荡。大人告诉我说蛇会咬人,花可能有毒,说妖怪会捉小孩。可是林子里除了天使我什么也没碰见,可能是妖怪更怕我吧!反正人们耍的花招我不相信……我的生命中没有帝王,而我也统治不了自己。兴许这就叫'倔强'。——你能帮我改改吗?"

艾米莉的确很倔强,一八四七年她中学毕业入玛丽来昂女子学院,全院二百四十七个学生三十二人拒绝承认自己是"获救"的基督徒,其中就有她。许多年后,学院院长还记得她是个"十分聪敏细致、看来很纤弱的女孩子,作文很富于创意。"

女子学院的课程有宗教、数学、钢琴、绘画和拉丁文以及蒲柏的《人论》和弥尔顿的《失乐园》。但艾米莉体弱多病常常想家，只学了一年便退学了。从此她结束了学校教育，开始了自学的道路。

艾米莉在家自修，这才如鱼得水。她在文学的海洋里漫游，开始学习写诗。在一封致友人书里她说："如果我读一本书，它使我全身发冷，任什么火也烤不暖，我知道那就是诗了；如果我读着读着觉得好像是天灵盖都被掀开，我知道那就是诗了。"

艾米莉一边自学，一边帮妈妈操持家务。她爸爸最爱吃她烤制的面包。有一年在全镇一年一度的牲畜交易会上，她做的黑麦玉米面包在评比中获二等奖，全家人皆大欢喜。她习惯一边揉面一边透过厨房的窗户观察大自然，诗兴大发时便在随手可得的纸片上匆匆走笔，有时甚至把诗句写在食谱的空白上。她在一篇日记里写道："做面包，这是个无中生有的过程，就好像诗人作诗。但也稍有不同：想象太过会弄煳面包，而狂放的想象却是诗人的发酵剂。"

面包获奖这一年，艾米莉已经二十六岁。二十几岁的姑娘应该是恋爱的季节。但爱神似乎也懂得爱护天才，迟迟未至。她在少女时期曾有几位异性朋友，但随着岁月的流逝和各自境遇的变迁，都淡远了。她父亲的事务所里有位助理是个文学青年，长艾米莉十岁，曾给了她一些文学上的指导，还说要看到艾米莉成为诗人才愿意死掉。但他才三十二岁就生肺病死掉了。许多年后，艾米莉在给友人的信中回忆说："在我还是小女孩的时候，有一个朋友教我什么是永恒，但他自己太急于接近了，再没有回来。我这位老师过世后，在好些年里，词典是我唯一的友伴。"

一天傍晚艾米莉正在做晚餐，她的嫂嫂苏珊敲门来向公公诉苦。艾米莉日记里写道："她一定是跟奥斯汀又吵架了才逃到这里来。我觉得苏珊已经发现婚姻生活中原来该有的喜悦如今已成了负担。她想要飞翔，而婚姻把她束缚，也可能她别无选择。女人总是被要求得太多。当我还是少女时，我有不少追求者，但吸引他们的多半是我的美貌而不是我的智慧。现在我仍单身，我觉得我的感情不时在与我的选择较量：诗或者爱情。我知道胜利属于哪一方。"她在另一篇日记里说："我曾经有着和每一个女孩子一样的梦想，直到一个更大的梦想超越它，于是我便享受到了一份自由。写诗至少跟被爱一样重要。如果我现在是个妻子,我还可能是个诗人吗?得到家庭却失掉灵魂有什么好处?一只被抓住的鸟就不能唱歌了。"

一八六〇年艾米莉三十岁,写了这样一首诗:

花朵不要责怪蜜蜂,
说他总是贪得无厌,
整天在门口嗡嗡。

但是必须交代仆人:
说女主人"不在家",
谁来都不要开门!

这似乎是一个宣告:诗歌战胜了爱情,心灵已选定了自己的伴侣:

心灵选定自己的友伴,

然后门关紧；
她的神妙非凡的成年
从此就归隐。

马车停在她的矮门前，
她像没听见；
皇帝跪在她家的门垫，
她不看一眼。

我知她在泱泱之国度
选中了一位；
从此她便关紧了门户，
心如止水。

　　从此她越发深居简出，闭门谢客。社交圈子里再没有她的身影，教堂也不去——"安息日人们去教堂，／我则待在家里；／小鸟为我唱诗，／苹果园就是大教堂。"

艾米莉的生活圈子单调狭小，但她的精神世界充实广阔。一八六二年这一年，她写了三百三十六首诗。

也就是这一年，她读了《大西洋》上希金森的《致一位青年投稿者》，写信向这位知名作家请教，开始了他们长达二十多年的通信。她在日记里写道："希金森先生很善意，他鼓励我继续写下去。虽然他批评我的作品，但也有赞美。能有一个真心的听众就够了。"他给了她很多指导，还先后两次到小镇去看望她。他称赞她的诗"充满了意象"。但是"要多加注意韵律的使用"。艾米莉在一则日记里写道："过去五年来我一向尊重他的指教，不过他的批评始终没有找到重点。他总是与我争论形式问题，拜托我把诗写平顺。不行，我得用全力歌唱。至于内容，他说有点难以理解。可是生命本身不就是难以理解的吗？我说不出诗的由来，但我知道不要改变它。我的诗一定得亮着自己的光芒，无须别人来擦拭。"她在一封回信里写道："我很感激您关于韵律的建议，但我不能改变我的方式。"

艾米莉在诗的风格上我行我素,希金森显然并不十分欣赏。他建议她不忙发表,她回信说:"您建议我推迟发表,我笑了。发表的想头离我远着哪!如果名声属于我,我逃也逃不了;如果不属于我,我一天到晚穷追也无用,而且我的小狗也会有意见。"

一次,希金森建议她去波士顿参加一个文学集会,她没有去,在日记里写道:"老师很吃惊我的生活圈子,很好奇我的静功。难道生命得与无休无止的动扯上关系?难道我得加入一伙人才能找到诗?思想才最关重要。有时候简单的生活反而复杂。我住在父亲的房子里,但墙壁限制不了我的心;与朋友见面固然快乐,但离家的代价我难以支付。"——离家的代价难以支付,因为这时候的她已经是狄金森家的实际主妇。她的日记里有这样一些有趣的句子:"今天缝纫时手指被针扎了,因为心飞了。我的心不断地飞翔!在布里穿来穿去,诗像一绺金色的线穿过我的心。""我把布丁烤焦了,不想让父亲失望,又烤了一盆。我煮土豆,却让锅烧干了。我想到几行诗,手边没有笔,赶紧到温室拿,却忘了赶紧跑回来。"家务分心,艾米莉不无苦恼。她在日记里感叹:"我那反抗的心很想远离家务，哀求我随心灵行动。维妮今天很生气，因为我没有把缝补做好。她怨我只顾做白日梦。她不知道有四行诗从我心中跳出来要我记录。晚餐也延迟了，爸爸很不高兴。我不知道谁的愤怒比较让我怕：是妹妹的还是爸爸的。但是为了诗的缘故我愿意忍受。我有时希望自己不要因为家务浪费时间，但绝对的自由反而会使诗思失去光彩。虽然我必须为家庭的舒适付出心力，但我毕竟还有自己的自由自己的孤独让我充实让我努力。这是一个家庭主妇永远没法理解的。"

一家人分享食物容易，分担心事比较难。艾米莉的父母不理会女儿的精神世界。她在一封致友人书中带点调侃口吻说："慈母不善思想，严父忙于开会，没有时间管教我们。"有次父亲发现女儿在读白朗宁夫人，喃喃说："现代诗！"艾米莉在日记中写道："可怜的父亲，他跟他读的法律书一样严肃。我知道他一点也不赞同我写诗，一点儿也不知道这背后是热情。对他而言女性的聪明才智应该藏在地窖里，而不要拿到门口去炫耀。我出生前他就写过关于女性角色的文章，我猜他的观点依旧：女人只适合家务，其他免谈！他们一辈子虽然鼓励女性受教育，但目的只有一个：把家务做得更好！"

她的哥哥也不见得理解她："洗过碗碟我和奥斯汀在厨房谈天，我把最近几首诗拿他看，他礼貌地称赞了几句鼓励我写。但我感觉他只是认为这是未出阁的妹妹唯一可做的事情。"

如果家人都不能理解艾米莉，外人就更不在话下。有一天艾米莉拗不过妹妹的要求陪她去布店买窗帘布。她听到柜台不远处一个老太太的声音："那是爱德华的小女儿维妮，另一个该是她姐姐艾米莉吧，总是躲着人，很怪，有点疯。"艾米莉在日记里这样写道："她的看法很肤浅，她这种人不知道疯癫可能是理智的极好伪装。'有点疯'可以让受困的灵魂放松。每个人都可以用自己的方式观赏世界。"

艾米莉用诗人的慧眼观赏世界，看到了许多美丽。她的日记充满了生活的情趣："我们的果园被偷了，鸟儿吃光了树上的樱桃，窃走了我做馅饼的关键佐料。它们是听从大自然季节的召唤而来的吧！但我希望它们也能替我们想想。""今天早晨我从厨房的窗户看见松鼠在枝丫间跳跃,那神情是多么坚定自信啊!小鸟也张开翅膀唱歌。神所创造的小生灵从不会赖着不肯起床。""冬天不愿脱下它的皇冠,雪淹没了大地。清冽的空气里大树坚毅地挺立。""今天我看到一棵勇敢的仙人掌在深雪中努力伸展,战胜了死亡,沐浴在金色的阳光里。"

艾米莉热爱大自然,园艺是她最喜欢的活动。她家屋子的东面有一间温室,种了许多冬天也开放的花卉。温室玻璃窗下置着一张小桌,她常常坐在桌边构思,把花鸟虫草的意象捕捉在诗思里。

但现实世界不只有美丽,也有丑陋,还有悲哀。她在一则日记里记道:"今天下午镇上又有一个孩子死了,才十个月大。母亲去参加葬礼,回来说那小孩在棺木里的表情充满着希望,好像在期待生命。许多人还未踏上大地就被夺走了生命,死神的计划是多么的残忍啊!"

一天晚餐时候,她父亲讲起自己被一桩遗产官司弄得焦头烂额,艾米莉在日记里写道:"这些争夺遗产的亲属如此互相仇视,以至于公证人都很难当下去，法律是一件多么困难的事！"

艾米莉的父亲是一位十分忠于职守的律师。他无论冬夏总是衣冠楚楚穿戴整齐。有一年夏天天气闷热，艾米莉看着父亲这番穿戴，觉得他很可怜。她总是把饭菜做得可口使父亲满意。每当父亲出差在外，她便很挂心，"觉得屋子很奇怪，好像连椅子都在等待他的重量"。不幸，一八七四年六月六日，父亲出差波士顿时患脑溢血累倒，再没有回家。艾米莉对一位朋友痛心地说："他从来不肯玩乐，你知道最好的引擎都要出故障的。"

父亲的一位朋友来看望母亲，这位名叫洛德的法官是狄金森家的座上客，艾米莉对他早就有非常的好感。一八七七年洛德的妻子病故，两人坠入爱河。艾米莉在一封情书里写道："我亲爱的萨冷对我微笑，我常追寻着他的模样，我早已放下伪装了。"艾米莉熟悉白朗宁夫人迟到的爱情，这段恋情似乎应该顺理成章。但是洛德的几个侄女从中作梗，而艾米莉的母亲这时又瘫痪在床，深深爱着母亲的孝女再也无心他顾。一段恋情就此了结。

艾米莉尽心服侍床上的母亲。她在一封给友人的信里说："母亲把她全副身心献给了家庭,如今她像小孩一样需要照料,我们真是心痛!"这位母亲卧床整整七年,一八八二年故世。

一八八四年,洛德法官也病逝。这一年,艾米莉写了这样一首诗:

> 我们失去的每一个亲人,
> 都带走了我们一部分;
> 能不能像新月的等待,
> 忽一夜满月把潮水召回?

满月能够把潮水召回,亲爱的人却永远地去了,带走了艾米莉的安堵和健康。两年之后,一八八六年五月十五日,艾米莉与世长辞。

艾米莉死后,妹妹维妮在她的卧室发现了四十本用丝线订得整整齐齐的诗稿,此外还有不计其数的散页。维妮在姐姐生前好友的帮助下,于一八九〇年出版了一册《艾米莉·狄金森诗选》,此后又相继出版了两册,艾米莉从此成了美国家喻户晓的诗人。

在纽约市圣约翰教堂的诗人角,她的名字排在非常显著的地位,献给她的铭文是:"哦,无与伦比的艾米莉·狄金森!"

艾米莉在三十四岁时写过这样一首诗:

> 生命的花朵,有的人
>
> 只开放于死神的一击;
>
> 活着时他们默默无闻,
>
> 死后才焕发青春活力。

无与伦比的诗人艾米莉·狄金森,不幸也被自己言中。

一个平凡而伟大的女子,生命结束之后,开始永生;她的两千多首诗是世界文学宝库中的珍品,昭示世人很多、很多。

周林东

E. Dickinson

2 致奥斯汀

另有一片蓝天,
永远清澈明净;
另有一派阳光,
能敌黑暗来临;
虽然树木凋零,
虽然大地无声,
别担心奥斯汀,
这里有片森林,
常年一派葱茏;
这里有座花园,
永远没有霜冻;
花儿四季鲜艳,
蜜蜂舞着嗡嗡。
来吧,好哥哥,
到我花园快乐!

4 西天的向往

在这神奇的大海，
船儿平静地航行；
好啊，领航，好！
前方可也平静——
没有骇浪惊涛——
风暴已经过境？

在那宁静的西方，
许多船已进港——
抛下铁锚休息，
到那里我只领你。
看陆地！永生之邦！
终于到达岸上！

5 我的春鸟

我有一只春鸟,
会唱许多曲调;
它把春天指引,
直到夏天来临;
而当玫瑰出现;
鸟儿也就不见。

但我不必伤神,
不必怨天尤人;
鸟儿此次远去,
是为学习新曲;
虽然漂洋过海,
它还会飞回来。

远方是块宝地,
人们都很善意;
男人没有猎枪,
男孩不玩弓弹;
鸟儿去到那里,
安全没有问题。

我的心境明净,
像有金光照明;
再也没有怀疑,
再也没有忧虑;
所有浮躁杂念,
也都离我远去;

想想我的春鸟，
我就没有牢骚；
虽然它已飞开，
但是它要回来——
落在远处树梢，
唱起明亮曲调！

6 十二神仙

一次次林子变粉红,
一次次林子深棕,
一次次它脱掉衣衫——
我家乡那片后山。

山头不时白帽耀眼,
山涧有水声潺潺;
我已经习以为常了,
这一切多么自然!

人们向我这样说明——
地球围绕着轴心
作奇妙无比的自转,
十二神仙在表演。

探险 9

走完小道,再穿荆棘
以及那林间空地——
绿林好汉常常出没,
这路径十分幽寂。

豺狼的眼珠子贼亮,
猫鹰张一只眼睛,
蟒蛇那绸缎般身段
偷偷地滑着前行。

暴风拍打我们衣袖,
雷电像利剑忽闪,
巉岩上站着只秃鹫,
饥饿得嘶声啼唤。

山神用长指甲比划,
山谷一声声"来呀!"
这些伙计太吓人了,
大家飞也似回家。

人生 10

我的轮子在暗处!
不见一根辐条,
但它湿淋淋的足
一圈圈地在跑。

我一脚踏上涌潮!
难得一走之路
引向了全部通道,
景致尽头最酷——

一些人不再纺线,
一些人住在黄泉
忙于休闲。

有些新沉的脚印
径直走了捷径,
同时把一个问题
抛给了我和你!

秋日 12

早晨比以往更加温婉，
　　栗子的本色日渐加深；
浆果的面颊显出丰满，
　　玫瑰则已退出了小镇。

大地用深红点缀外套，
　　枫树披起艳丽的头巾；
我恐怕自己太不入调，
　　明天得亮出那枚别针。

13 睡眠和破晓

清醒的灵魂
认为睡眠
就是合上眼。

睡眠是大车站
下面和两边
众人站着看!

有学养的人
认为早晨
就是破晓。

早晨尚未到!
那是极光
在永生之东方。

必须有热闹,
有红霞如火烧,
那才叫破晓。

致苏珊 14

我家里有一个小妹,
另一个在另一地;
家里的记在户籍上,
另一个记在心里。

一个跟我一同进出;
穿我去年的衣裳;
另一个像一只小鸟,
我们做窝在心上。

她唱歌不像我家妹,
她的曲子不一样;
她本人就非常甜美,
像六月蜜蜂吟唱。

如今她已告别童年,
但我们上山下山
总手牵手紧紧相连,
路途因此而变短。

一年年地她的歌声
逗得蝴蝶们翩翩;
炯炯的紫罗兰眼神
使五月春光暗淡。

晨露不再晨光依然,
夜空有星斗满天;

你是我选中的唯一,
苏珊,咱们永远!

晚霞 15

这位艳丽的客人,
衣着半透银色;
裁制简洁而廉正,
帽边溢满喜悦。

向晚他来到小镇,
挨家挨户访问;
家家门户一早开,
好像专等他来;
我想请他别忘记
亮相百灵领地!

19 夏日的玫瑰

萼儿托起瓣连着刺儿，
　　迎着夏日平常的早晨；
露珠闪闪，蜂儿一二，
　　树叶间吹奏着微风；
而我是玫瑰。

赌徒 21

这次输了,下次笃定,
——赌徒们精神重振,
又一次骰子翻滚!

23 失恋记

我曾经有一枚金币,
遗失在了沙滩上;
尽管数目微不足惜,
人间多的是英镑;
但是它十分有价值——
以我节俭的目光;
我找不到它在哪里,
只会坐下来叹气。

我曾经有只红知更,
它为我天天欢唱;
但是当层林尽染时,
我不知道它去向;
时间送我别的知更,
唱的曲子也一样;
我只想念我的歌手,
保留着它的住房。

我在天上有一颗星,
它是七大星之一;
但是当我一不留神,
于是它从此消失;
天上的星星虽然多,
入夜全都亮晶晶,
没有哪一颗属于我,
教我如何去关心。

我这个故事有原委——
我的朋友已告吹；
星星、知更和金币——
这些全是我虚拟；
这歌我写得很伤心，
两只眼睛泪盈盈；
远方你这个负心汉，
见了也甭你同情！
料想你此生心难安，
惭愧内疚跟牢你！
纵然你天下都走遍，
再也找不到慰藉！

25 纪念

她安眠在大树下,
只有我还记着她——
我把摇篮轻轻扶,
她听出我的脚步,
穿着洋红色衣服,
——你看!

26 死者寄语

该带的我今天已带来,
心也放在了一起;
我心带来所有的荒野,
和全部宽广草地。

请你细数,如果我忘记,
该有人记得总数;
我的心和所有的蜂儿,
在三叶草中居住。

28 一朵雏菊

田野上一朵雏菊
　　今天就不见了；
踮着脚小心翼翼，
　　她要去天堂了。

白天将尽的潮汐
　　徐徐渗漏消逝；
小雏菊随波逐流——
　　是要去见上帝？

30 小船的去处

漂荡!一只小船漂荡!
夜幕正在来临!
竟然无人导航
引小船进最近的小镇?

海员们是这样说——
正当夜幕降落
小船放弃了努力,
桨声渐渐沉默。

天使们则是这样讲——
昨天当早霞出现,
小船驶出了大风浪,
重新整起三桅杆——
轻快地继续远航!

寄语 31

当夏之佳日已经飞逝,
愿我是你的夏天;
当夜莺和黄鹂不再啼,
愿你的歌声依然!

为你开花我逃出墓地,
花儿把山野漫遍;
这是朵朵秋牡丹,永远
属于你,请采集!

32 当玫瑰停止开放

当玫瑰停止开放,
　　紫罗兰也已收场;
当大黄蜂的飞翔
　　已经越过了太阳,
收集夏日硕果的手
　　也就倦意十足了,
所以,这位先生啊,
　　请收下这些鲜花。

无题 33

如果回忆等于忘记,
那么我就不去记;
如果忘记,是回忆,
这倒很合我心意。

如果思念令人欢喜,
如果哀悼是快意,
那收集这些的手指
该多惬意,此时!

34 公平的大自然

花环为名媛,那么
桂冠给少见的胜者
和难得的勇气。
哦,为着问候我,
哦,为着问候你,
豪爽的大自然,
善心的大自然,
公平的大自然,
已把玫瑰规定!

一朵小玫瑰

这朵玫瑰无人认识,
　　于是我从山野里
把它带了来献给你,
　　否则它一生孤寂——

只有只蜂儿想念它,
　　有只蝶儿来献舞;
它们赶了很长的路,
　　来和它亲密相处。

只有只鸟儿会好奇,
　　有阵微风会叹息;
唉,玫瑰,这样的一生
　　是多么容易了结!

36 雪花进城

雪花片片跳着舞
　　飘飞进这座小城；
我拿出铅笔描述
　　这些叛逆者来临。

它们太狂欢乱舞，
　　我只得放弃初衷；
我十个堂堂脚趾
　　已僵得不成体统！

问题 37

当水塘还没有封冰,
溜冰的日子还早;
当雪花忽一夜飘零,
把大家面颊映照;

当农事早已经完毕。
圣诞树也准备好;
问题便一个个拥挤——
拥挤在我的头脑!

干吗要到了夏日里,
把裤脚高高卷起,
干吗只在桥上走过,
好像要把它踏破;

干吗有人又唱又讲,
虽然没人在身旁;
我哭着不穿这身衣,
就是没人来搭理!

生存网 38

备这样那样礼物,
　　走这家那家门户,
生存网于是织就,
　　阴间有这册记录!

一个臆想

我这样说也这样想
并没有觉得可奇——
她迟早会张开翅膀
把这个小巢忘记。

她飞去更广阔林地
在茂密枝丫筑巢；
把上帝古老的旨意
向更新一代传教。

我说的是一只小鸟，
但如果她的窝巢
是温暖在我的胸间，
她离去我如何好？

这只不过是个臆造，
但如果不是小鸟，
窠在心里是具棺材，
那更是如何得了？

当我 40

当我数着那些种子
——它们播在地里,
慢慢就要开花,

当我记起那些人们
——他们已被安葬,
会被招进天堂,

当我信赖那座花园
——凡人看不见它,
信仰前去摘花,
蜂儿不来阻拦,
我便让出夏天,心甘情愿。

41 丛林里

我偷窃了丛林——
心地老实的丛林;
从不疑人的绿树,
端出刺球和藓苔,
逗我胡思乱猜;
我翻检它们的宝贝,
抓一把塞进口袋。
冷面铁杉会怎么想,
大橡树会怎么讲?

好汉 43

能活就好好地活,
敢于正视死神;
用微笑面向同类,
待生人也真诚,
——这就是他的灵魂。

从所熟悉之舞台,
隐入未知之境,
这样的一趟旅程,
我已用心明白。

如此可靠之人物,
的确有过一位;
我们但见他驶出,
永难见他驶回!

死人的场面

显然比睡眠更安静,
就在那间内屋里!
胸前放着一条花枝,
它不会诉说姓名。

有的轻触,有的亲吻,
有的拿起手抚摩;
它只不过是堆重物,
我不知道为什么!

要是他们,我决不哭,
齐刷刷抽泣太失礼,
吓着不声不响的仙女
躲回到她那林子里!

那些天真无邪的邻居
纷纷议论"早逝",
我们爱转个弯儿比喻,
说是小鸟已飞去。

闺怨 47

心啊！咱们忘掉他！
今晚上——我们俩！
你忘掉他给的温暖，
我忘掉他的灿烂！

你办到了就告诉我，
我也就立刻照做！
快！要快刀斩乱麻，
以免我还记着他！

遭劫

没想到我两度遭劫,
黄土盖过了所爱;
两度我成了个乞丐,
呆立在上帝门外!

幸天使们两度下顾,
抚慰我遭劫的心;
强盗又到!庄家——天父啊,
我重又落入苦境!

人生过客 50

我还没告诉我的花园,
怕说了会太伤心:
我也还没有足够勇气
向蜜蜂透露实情。

我更不愿在街上坦陈
教路人张大眼睛,
说这么个胆小无知的人
居然敢直面死神。

小山坡对此不知为好,
那里我经常漫游。
别让可爱的森林知道
哪一天我要上路。

饭桌边我得十分留意,
不要在无意之间
谈话的语气泄露天机——
今天有人去阴间!

荒村 51

我常常路过那村子——
当年放学回家时；
村民们都在做啥呢？
为啥悄然无声息！

当时的我还不知道
早就应该看究竟；
而今人都已经走了，
连牲畜也无踪影。

如今的黄昏更安静，
如今早晨更冷清；
胆怯的雏菊来居住，
小鸟敢在路上停。

所以如果你已累了，
或者又冷又困窘，
请你大声作个通报：
"我请你把我带领。"
地下的灵魂会听到，
我就马上来拥抱！

52 小船的渴望

不管是不是已出海了，
不管是否风已小，
也或者已到迷人的岛，
我的小船收帆了。

这是一次神秘的停航，
小船今天无动向；
但是她那渴望的目光
落在港湾的远方！

53 平等的王国

她走了,今天早晨,
男人们小心抬举;
高举着标帜的众神
都在引导她西去。

昨天缺了个小玩伴,
今天少了个同班;
都是去极乐园做客?
那房间必定已满!

遥远如黄昏的东方,
幽暗如边境的星;
凡是去那里的王国,
都热衷古老朝政。

如果 54

如果我死了,
你还在,
时间流淌——
晨光熹微,
正午炎炎,
一如往常;
如果鸟儿早早搭屋,
蜂儿嗡嗡忙碌,
这光景,人当选择
远离下界!
你我躺在雏菊旁,
拍手看股票暴涨,
看商贸兴旺,
看市场繁忙——
这光景,死别不慌张——
灵魂也安详。
请大人先生们
好生经营这热闹景象!

55 微笑的种子

义举即使微不足道——
送本书或一束花,
也都是在播种微笑——
黑暗里发芽开花。

给 56

如果节日里我没有
再带来玫瑰,
是因为我已经不能
再亲近花卉。

如果我不能再动用
花蕾的名声,
是因为死神的手指
封了我嘴唇!

无题 57

朴素的日子引领四季,
如果你要表示敬畏,
那么请你务必要牢记——
从你我的碌碌无为,
日子能造出一种东西,
被定为"速朽之辈"!

67 成功的滋味

从没有成功过的人,
列数成功最甜美;
只有当焦渴已难忍,
才懂一滴也醇美。

今天在撑旗的诸位,
哪一个敢于站出,
把胜利这个词定位,
确切地说个清楚!

除非他曾经败过阵,
那奄奄一息听力,
对远去的胜利歌声,
才益发痛苦清晰!

哀荣 68

雄心他从不曾有，
爱心也颟顸；
多少乌有乡盟友
处这两者间。

昨天他无人知晓，
今天成新秀！
为着你我的荣耀，
推他为不朽！

人生 69

我埋首解决难题,
另一道又跟进;
重大得慢条斯理,
数字也更精深。

检视忙碌的铅笔,
活动发僵手指,——
怎么,你们已被
迷惘得无所适?

死别 71

痛苦在脸上表露，
呼吸十分急切，
马上要撒手西去，
哀莫大于死别——

喃喃唇边的牵挂—
多少年的隐忍！
我终于明白死神
在给昨天了结。

美丽 72

她的无边帽艳丽,
脸颊红润丰腴;
她的长裙子卓异,
不过她不言语。

倒不如做小雏菊
在夏日的山地,
离世虽无人惦记,
却有山泉泪滴;

还有可爱的早霞
探寻她的小脸;
更有无数的脚印,
留在那个地点。

世事 73

冠冕若没有遗失
不会起意寻找!
如果不觉得口渴
无须备凉饮料!

若从未经历险途——
难道这般脚板
敢探寻帝王疆土
随皮沙罗登岸?

有多少军团败北——
皇帝他敢坦言?
有多少旗号告吹——
在革命这一天?

多少颗子弹中的?
您曾光荣挂彩?
天使们,写"晋级"
在这兵士额眉!

春天到 74

一位红妆女子婷婷山间,
她严守秘密岁岁年年!
一位白衣女子守身田野,
在温馨的百合里睡眠!

爱干净的风儿拿了扫帚
在打扫河谷、山丘、树林!
请问你们这些时尚主妇:
在期待哪些贵宾光临?

贵宾们暂时还没有露面,
树木们频频点头微笑;
金凤花、小鸟们和果园
忽然间挑起非凡热闹!

但景致却又是这般宁静,
树桩一个个无动于衷!
好像人们巴望的复活节,
于他们已是见惯司空!

至乐

至乐,就是
内陆的灵魂出海了,
越过房舍,越过海岬,
进入幽深的来世。

我们,山地
长大的水手,能领略
这越过第一海里时
至圣的愉悦?

逃 77

每每听到"逃"这个词
我便会心跳加激;
心里腾起一种欲望——
做出个飞奔姿势!

也听说人间有大牢
被炮火夷为平地;
我小孩般猛摇铁栏,
又一次不能成事!

到天堂去

到天堂去!
虽时日未定,
也别问路途!
我实在太惊悸,
回答不了你!
到天堂去!
这听来教人黯然,
然而一定要照办,
就像羊群在晚间
回归牧羊人的窝棚!

或许你也正前去!
谁又说得准确?
如果你先到那里,
请为我留个空位——
要紧靠我失去的那两位。
给我穿最小的衣衫,
还可以给我戴个小花冠。
我们不在乎衣扮,
尤其在回家的路上。

我庆幸自己不信天堂,
不然我会停了这口气。
我倒是乐意多看看
这个奇妙的大地!
我庆幸他们真相信天堂,
人间再也见不到他们——

自从那个结实的秋季
我把他们交给了大地。

80 生命之美

我们的生命像瑞士，
非常宁静、舒畅；
忽然一个奇特下午，
阿尔卑斯揭开面纱，
看到更远的景象——

意大利就在山那边！
庄严的阿尔卑斯，
迷人的阿尔卑斯，
像伟岸的卫士长，
把两边都好生守望！

给 84

她的胸脯配挂珍珠,
可惜我不会潜水;
她的容貌配坐王位,
可惜我没有羽徽;
她的心儿适合安家,
于是我,小麻雀,
旁着她可爱的枝丫,
筑我此生的巢穴。

艳阳天 86

南风阵阵拂过,
　　蜂儿纷纷飞临,
盘旋挑选花朵,
　　啜饮然后飞升。

蝴蝶翩翩停歇
　　克什米尔通道,
我便盈盈采撷,
　　荐引它们来到!

恸 88　我们坐靠死者身边,
　　　　亲近得太奇幻；
　　　　觉得已抓牢了所恋,
　　　　其他一概不管。

　　　　这好像是在用算学
　　　　估算一个奖品；
　　　　计算的比率在衰竭,
　　　　恸了许多眼睛！

无题 89

有些东西飞掉——
黄蜂、时间、小鸟,
没有挽歌哀悼。

有些东西驻足——
山岳、永恒、悲苦,
它们非我独有。

有些时起时伏——
"天"我讲得清楚?
谜团也总永驻!

90 散步归来

就那么近!
早该触及!
改变她此生!
我悠悠穿过村子,
闲荡着走远!
忽然间,紫罗兰
在草地上铺展!
手指们蠢蠢欲动,
迟啦,该在一小时前!

她91

她柔弱、无助、羞怯,
我偷偷看她时,
她躲在叶子下面
害怕被人看见。

我经过她时,她已
虚弱得无声息;
我转身去帮助她
离开简单的家。

为她我踏烂泽地,
我还踩浊小溪;
许多人想听底细,
我得严守秘密。

92 我的朋友

我的朋友必定是只鸟,
因为它有翅;
我的朋友必定会烂掉,
因为它会死;
我的朋友还是只蜜蜂,
因为能倒刺。

哦,奇怪的朋友,
你教我好糊涂!

天使们

在天刚刚亮的清晨,
露珠招来天使们——
弯腰、采撷、微笑、飞升,
花蕾属于她们?

在太阳最热的时辰,
天使们来到沙漠——
弯腰、采撷、叹息、飞升,
背着枯了的花朵。

弥留 95

一束束鲜花献给俘虏——
目光期待而忧郁；
手指不再把花朵摘取，
耐心等天国收留。

他们也许在低声细语，
议论黎明和野地；
他们不再干别的差事，
我也无别的祈求。

寻访

96

守墓人,我师傅在此安眠,
请你带我到他的床边;
我来是为了给小鸟钉个窝,
还带了早发花籽来播。

而当雪花儿飘飘漫天飞舞,
一片片没入卧室门缝,
这时候雏菊便给指明通路——
帮助我找到抒情诗人!

97 花儿和彩虹

彩虹从来不肯吐露
说风雨就要来临；
但是它很令人信服，
比哲学原理还行！

花儿她很不爱纷扰，
但是都非常雄辩；
比凯托更令人信服，
除非鸟儿已不见！

时序 99

新的脚步来到了花园，
新的指尖触动泥土，
榆树叶上坐着位歌手，
歌声里透露出孤独。

新的孩子绿茵上游戏，
新的倦者地下安卧，
多梦的春天终要回来，
白雪也会及时飘落。

101 朝圣早晨

真有个东西叫"早晨"?
有个东西叫"白天"?
如果我有大山那么高,
能看见吗站在山巅?

它像水仙花般也有脚?
像小鸟儿般有羽毛?
它是出自著名的国度
我却是从来没听到?

哦,你了不起的水手、导师,
哦,你来自天庭的智者,
请你指点一位小香客,
早晨安居在哪里?

上坟 104

我之所爱在这里安卧,
我轻手轻脚把花籽播,
我在他身边停步诉说,
  悲戚堵心窝。

我细声曼语地对他讲,
恭恭敬敬立在他身旁,
好像他正靠在枕头上,
  但石头冰凉!

那天出殡你可以看见——
我一顶黑帽一件黑衫,
声音里有点暗哑发颤,
  像此刻这般!

是呀,这情景有人早经见——
他们的衣衫用白雪镶边,
他们回家是在一世纪前,
  该快乐无边!

105 人生一态

假装垂头丧气模样,
但是终于又发现——
如此这般一副表情
不属于不朽风范。

何妨做狡黠的猜度——
裹着厚实的绒褥,
抱世俗的轻浮态度
去对付薄纱一幅!

106 雏菊与太阳

小雏菊悄悄跟随着太阳,
太阳走完金色的一天,
她便生怯怯坐在他身边。
太阳醒来发现这朵花——
小偷儿,你是想弄点啥?
先生,是爱太甜蜜啦!

我们是花朵而你是太阳,
当白天过完,请原谅,
我们爱偷偷亲近你身边!
远去的西天教人迷恋,
静谧、飞逝、一湾紫水晶,
夜晚无声无息降临!

107 小船的迷失

这小小的小小的小船
颠簸着驶出了海港；
那大大的大大的海洋
招呼着小小船前往。

那贪婪的贪婪的波浪
把岸边小小船舔远；
经多少次多少次整帆，
我的小小船已迷航！

108 外科医生

外科医生动刀时,
　　他们得格外细心;
未决犯们的刑期,
　　全由他们来裁定!

锻炼友谊 109

送一朵花，修一封书，
献一份聪敏的爱——
友谊的铆钉焊得快，
牢牢地焊住。

别在乎我的铁砧无语！
别在乎你喘息！
别在乎你我满面烟尘！
把炉膛扇红！

纪念

110

艺术家曾苦斗在这里!
看,一件浅色卡司米!
看,一朵玫瑰仍艳丽!
你连年辛苦学子!
画架虽然还支起,
终于能休息!

山中 111

蜜蜂不把我回避,
蝴蝶和我相识;
这些森林小居民
待我十分真挚。

小溪在为我欢唱,
微风不愿收场;
我的视线起雾了,
啊,夏日艳阳!

福地 112

此地的早晨没有铃声吓人,
此地的人个个安分;
就连那些聪明好动的先生
也呆在屋里不出门。

此地孩子们疲塌在眠床上,
甜睡把日子打发;
此地是福地,此地是天堂,
阿爹,快快来吧!

哦,那是摩西站过的地点,
爬上把远近风景饱览;
早晨的铃声或工厂的斥骂,
再也吓不着我们大家!

113

人间与自然

我们有黑夜要忍受,
也有早晨共享;
我们把空白描欢乐,
也填些犯不上。

这里一颗星,那里星一颗,
有的划过天边;
这里一层雾,那里雾一层,
然后呢,白天!

114 陌生之地

再见,我们得分离,
那个地方的底细
我必须去见识!
哦,那里名字也保密!
美妙的天使
巧妙地回避!
天父,她们啥也不见示,
能否向她们一提?

旅店 115

这叫啥旅店?
贵宾来了
住哪个房间?
店主是谁?
女佣在哪?
看,多怪的房间!
炉里没有火焰,
杯子空空如也,
巫师你这店主,
底下这些是谁?

无题 118

朋友攻击朋友,
唉,好个多端战场!
我也只得穿起甲胄,
他却开始煽风凉!

这个地方惯争斗!
我多想有管枪,
瞄准那人类一扣,
然后光荣逃亡!

残忍 119

跟乞丐谈论你的矿山,
说你颇善经营管理!
向饿汉讲述你的三餐,
说酒和肉不可缺一!

若碰上刚释放的囚犯,
你可以给他个暗示:
地牢之氛围中的逸事,
听起来你兴味盎然!

落日 120

如果这叫"凋谢",
哦,许我快快没落;
如果这叫"死灭",
葬我,用红锦包裹!
如果这叫"睡眠",
这般的夜晚
合眼该多么快意!
晚安,诸位邻里,
孔雀就此下世!

无题 123

莱茵河上的多少辛苦
酿成手中这杯美酒；
品品法兰克福风味吧，
从我这支棕色雪茄！

124 阿尔卑斯的向往

在我从未曾到过的大地上,
雄伟的阿尔卑斯往下看:
它帽似的山顶触着了蓝天,
山脚像巨足跨在了城乡。

在它万世不变的驻足之地,
无数温顺的雏菊在游戏;
哪朵是你,哪朵是我,先生,
在这般美好的八月天里?

补偿 125

为着每一个狂喜,
　　我们得付出痛苦——
　　令人战栗的痛苦,
跟狂喜恰成比例。

每一个可爱的时辰,
　　背后多少年褴褛!
　　千辛万苦的积聚——
财富由泪珠累成!

126 勇敢的心

高喊着冲锋非常勇敢，
不过有更勇敢的心——
他的内心在进行血战，
向一拨拨悲哀抗争。

胜了，不会有举国欢庆；
倒下，没有人在意；
没有人会怀着爱国之情
对垂死的眼睛叹息。

不过，我们可以确信——
天使穿白衣裳，
步伐整齐，列队去向
勇敢的心致敬！

127 世事沧桑

"那叫屋子"——聪明人讲,
不叫大厦!大厦温暖,
大厦把暴风雨挡外边,
大厦里面没有悲伤。

"许多大厦""他父亲造",
造得非常暖和好受!
他的子孙怕进不去——
有的今夜流落街头!

赞歌 128

请给我带来一杯夕阳,
估一估晨光酒壶数量
可以盛多少露珠。
告诉我清晨能跃多远,
告诉我织工何时安眠,
他织就无边兰布!

写一写新来的知更鸟,
他喧唱多少迷人曲调,
让树枝也惊叹。
还有,大龟远游多少回,
还有,蜂儿啜饮多少杯,
他醉倒在花间!

再说,是谁架设了彩虹,
再说,是谁教星球转动,
教得好服帖!
谁的手指拨动乳石钟,
谁来细数夜色的宝笼,
一样都不缺!

谁建这座阿尔班小屋,
又严严地关紧那窗户,
使我灵魂难见!
谁会许我节日里出来,
穿戴些简单服饰飞开,
避过浮华场面!

小阳春 130

这样的日子鸟儿回来了,
但是不多,就一两只,
来看看好日子又回来了。

这些天日子又暖和了——
这古老迷人的"六月",
蔚蓝和金色只为误导。

哦,大骗局骗不了蜂儿,
虽然你挺像阳春天气,
教我起一阵空欢喜。

该有一排排种子作证,
在别样的空气里探身,
催促胆怯的种子露面。

哦,那接着的六月盛典,
哦,那雾霭中的圣餐,
孩子们被允许分享。

于是你张挂神圣旗帜,
你捧出面包献祭,
非凡的美酒在洋溢!

期待春天

除了诗人歌咏的秋季,
有些日子很平淡——
这边飘落些零星雪花,
那边聚起些雾团。

凛冽的早晨尖刀刺骨,
无趣的夜晚无欲;
凋谢了,布莱恩的"黄花"
和汤姆逊的"丰裕"。

喧闹的小溪已然安静,
大地封了香水瓶,
催眠的手指,轻轻地
合上许多双眼睛。

也许还会有松鼠一只
分担我浓浓情思;
主啊,赐我以阳光心地,
直面您多风意旨。

133 我的花儿

像孩子们道过晚安,
不情愿地就寝;
我的花儿撮起嘴唇,
夜幕就要降临。

像孩子们醒来欢跳,
高兴早晨来到;
我的花儿喜气洋洋,
纷纷探头探脑。

心爱 134

也许你想买一朵花,
可我从来不卖呀;
如果你愿意只是借,
等水仙开放季节。

等她解开嫩黄的瓣,
坐在村舍小门边,
蜂从三叶草丛飞来,
醉倒她的小脚边!

这时我愿借给你,
不过只借一小时!

135 清流的价值

清流的价值向干旱请教,
陆地的分量航海者知道,
欢乐的体验要尝过悲酸,
和平的可贵要经过战乱,
情爱的滋生需记忆的沃土,
雪中的小鸟仰赖施舍食物。

心上的小溪

你的心上可有条小溪?
溪里映着小树倒影,
小鸟渴了便飞来此地,
小花爱把它当明镜。

溪水静静地从容奔流,
没人注意它的踪迹;
你的心田永不会干涸,
因为有了这条小溪!

三月常有太多的雨水,
大河小河野马脱缰;
高山的雪水赶来助威,
冲垮许多大小桥梁!

接着来了八月的旱季,
青草晒得晕头转向;
这时你要关照好小溪,
务必使它继续流淌!

致灵魂 139

灵魂呀,你决心再掷?
这般冒险的骰子
成千块实际上已输,
赢得的不足百数。

天使那绝命的一勾
逡巡着把你圈定;
小鬼们在急切聚首,
用抽彩把你搞定!

风景 140

群山不时更换衣衫,
东方一白阳光特宽;
村里溢满古居紫气,
深沉则是黄昏草地;

小径留下红泥脚印,
斜坡划出鲜明指痕;
玻窗撞着寻路苍蝇,
蜘蛛补网默不作声;

雄鸡走路高视阔步,
花朵随处伸手可触;
林子传来刺耳大斧;
路上无人香气依旧。

所有这些难于一一,
且请看客各自窥视;
甭问耶稣何以这般,
一年一度提供答案。

145 安慰亡灵

心脏早已经停止了跳动,
双脚不再会感到疲惫,
信念曾无望地守望星空,
轻轻地请给死者安慰——

猎犬不可能会赶上野兔,
虽然它早已气喘吁吁;
学童也不可能掏着鸟窠,
那边已筑就看护小屋。

殇

如此之夜，夜竟如此，
有谁会注意到
一个如此弱小身子，
悄然椅上滑倒。

悄悄然啊，悄悄然地，
没有人听得出
一个这般弱小身子，
在游丝般抽搐。

天已破晓，天竟破晓，
有谁会太息道，
这孩子身子这么瘦小，
睡得太深太早。

大公鸡在喔喔啼叫，
楼下已有响动，
果园的鸟唱歌报晓，
他忘了出早工？

有些胖嘟嘟小不点，
在土墩后玩耍，
也有些忙于学针线，
或刚放学回家。

玩伴、假日、摘野果，
目的有大有小；

这位手脚勤快小伙,
目的又短又小!

无题（二）

她走了,静静地像
花瓣上一滴露水；
露水入夜还会回来,
而她,永远不再!

像一颗星星,悄然
划过夏日夜空；
我怎就没一丝预感,
想起令人心痛!

无题（二） 150

走了，就这么走了，
咽下最后一口气，
带着简单衣饰，
她向太阳而去。

她轻轻敲敲天门，
天使门缝睇视；
您不必再找她了，
她已不在人世。

153 人生之谜

尘土是唯一的秘密,
死亡是唯一的谜;
你没法查个水落石出
他的"故乡之地"。

没人认识"他的老子",
他从不曾是孩子;
他既没有游戏的伙伴,
也无"早年底细"。

他很卖力!要言不繁!
不但冷峻,还守时!
他像强盗一样凶残,
又静如平川小溪!

他像飞禽也有个窝,
常被救世主捅破,
放一只又一只知更
溜出来阳间偷生!

歌 155

只要有蜜蜂的嗡嗡,
巫婆也要让我三分;
要是有人问起缘故,
就是打死我,
也不透露!

满山满坡一派绯红,
我就不再豪情满胸。
要是有人对我嘲笑,
上帝在附近,
你该知道!

黑夜以后黎明来到,
清清楚楚我的面貌;
要是有人问为什么,
艺术家手笔,
还不懂么!

临终

158

西去！西去在黑夜里！
有谁来把灯点起，
以便我能看清哪条道
到白雪永盖福地？

耶稣呢，耶稣在哪里？
他们说他一定来的，
可能是谁家他记不清？
这边走，耶稣，请进！

有人跑到了大门口，
看朵丽能否赶到；
好，我听到她上楼啦，
死神不伤人别怕。

人之需 159

少许面包,可片可屑,
加点信赖,酒一壶——
养活灵魂已够;
不必堂堂,但需人气,
良知像加冕前夕的
老拿破仑一世。

地盘适度,名誉干净,
无大苦大乐折腾——
这就够好、够多!
海员的目标是彼岸!
士兵只管出击!切莫
去要邻家的性命!

162 我的大河

我的大河奔向您,
蓝的海,您欢迎?
大河在等您回音。

海呀,请看仔细——
我带来条条小溪,
从穷乡僻壤角落;
海呀,请接受我!

鸟妈妈 164

鸟妈妈从不忘她的娃,
虽然站在别的树丫:
她总是时不时低头看,
可见她心里很想念:
她把窝造得十分巧妙,
暖和通风还有便道;
而如果娃娃遭到危险,
她立刻就会大声唤。

165 受伤的小鹿

鹿儿受重伤跳得特高——
我听猎人这样说起；
这是断气前极乐一跳，
然后丛林一派沉寂！

重击的岩石四处飞溅，
重踩钢条必然弹跳；
肺部如果发生了病变，
面颊红得如同仙桃！

为了要避免被人看透，
悲痛穿起欢乐外套；
紧紧捂住殷红的伤口，
以免人叫"你流血了！"

人生

167

用痛苦学习欢乐——
叫盲者认识太阳!
渴死了,才觉得
草地有小溪流淌!

想排遣相思,双脚
却踏在陌生国度——
无时不魂牵梦绕
蓝天白云的故土!

这是难言的悲恨!
硕大无朋的痛苦!
耐心的"桂冠诗人"
声音压抑在地府。

欢声阵阵,我们
这些迟钝的学人
竟然在充耳不闻,
茫然于奥妙歌声!

177 请教高明

哦,你可爱的巫术!
哦,你狡黠的魔法!
且教我你们的巧妙——

我于是把痛苦遍注,
教医生们拿它没法,
任什么地方的草药
也无效!

心中的宝藏 181

那天我失落个世界,
可曾有人发现?
它的额上镶着星星,
你该不难识辨。

富人对此不会在意,
可是在我心目里
它的价值胜于金币,
哦,先生,帮我寻觅!

遗嘱

当知更鸟飞来时,
  我可能已经长眠;
你喂它们些小米,
  便是最好的纪念。

如果我已经长眠,
  心里仍充满感激;
请你相信这一点:
  我至死想谢谢你。

无题 185

"信义"是一桩精致发明,
大人先生最明白底细——
每每当情况变得危急,
显微镜也难见其踪影!

主妇的西去

这卑微的双脚丈量了多少光阴,
只有那焊合的双唇说得清楚;
你且试试扳动那死神的大铆钉,
你且试试扳开那阴间铁门户!

请抚一抚那已经冰凉了的额际,
理一理那已经枯索了的发丝,
请摸一摸那石头般坚硬的手指,
它们从此无须再把顶针戴起。

单调的苍蝇在卧室窗台上嗡嗡,
阳光在斑驳的玻璃板上闪动,
蜘蛛们放心地从天花板上吊落,
慵懒的主妇已安卧在雏菊丛。

无题 189

这么短暂的事也叹气,
那么小的事也哭泣,
可这都是些情感交易,
男男女女就此老死!

幽会 190

那时他纤弱,我强健,
所以让我带进屋;
后来我纤弱,他强健,
所以让他带回家。

路不很远,门儿很近,
晚上不黑我们并行;
悄无响动,他没出声,
这一点我最最细心。

天亮了,我们该分离,
两个人都兴意阑珊;
他很疲倦,我也疲倦,
不过我们没有非礼。

191 大地上的奥秘

天空守不住秘密,
把它告诉山峦;
山峦向果园耳语,
果园转告水仙。

小鸟它非常凑巧,
听到全部秘密;
我本想贿赂小鸟,
探听个中底细。

但是我转念一想,
觉得这样不好;
既然夏天有规律,
冬天不致乱套。

且请苍天守秘密,
我则不该好奇
去打听少男少女
时髦世界的事。

192 小小的心

可怜的小小的心,
他们已忘记了你?
你不要在意,不要在意!

骄傲的小小的心,
他们已抛弃了你?
你应该快意,应该快意!

脆弱的小小的心,
我不会忍心伤你,
请务必牢记,务必牢记!

快活的小小的心,
你像早霞般美丽,
让风儿和太阳把你装饰!

193 人生的顿悟

我会明白,时间一到,
我本早已不再好奇,
耶稣会分条解释苦恼,
在他那天上的教室

会告诉我彼得的诺言;
我惊醒于他的悲哀,
一定要把苦恼忘一边,
免受其害免受其害!

狂风后

一场狂风呼天抢地,
云朵也奔命躲避;
幽灵般一件黑斗篷
盖过天空和大地。

屋脊传来狰狞笑声,
空中有谁在吹哨,
而且还挥拳又舞爪,
怒发冲天狂飘……

晨光熹微鸟儿起床,
那怪物双目失势,
慢吞吞回海边故里,
这景象啊,天堂!

199 我的角色

我是"妻子",这个角色
已在扮演;
我是沙皇,做个女人
当更安全。

在岁月的流波里
这女子生命多奇!
也许人间本如此——
在天堂人的眼里!

这样反倒舒服,
别的角色会痛苦。
可是干吗比较?
当"妻子",挺好!

致 200

我偷了蜂儿的窝,
因了你的
甜蜜恳乞,
蜂儿已原谅了我!

摔跤记 201

两个泳者桅杆下摔跤，
一直摔到太阳升；
一人面向大地微微笑，
唉，上帝，另一人？

路过的船只远远看见
水面浮着一张脸，
两只死眼仍旧盯着天，
双手伸着在求援。

205 送友西去

我万万不敢离开朋友半步,
因为,因为我怕他随时走;
我怕我赶到时会迟了一步,
如果我不在他的身边守候。

我决不可以使他感到孤独,
他目光游移着游移着寻我;
他寻啊他寻啊他不肯闭目,
除非他已"看见"我看见我。

我不可伤了他耐久的信任,
他确信我会到确信我会到;
他凝神他倾听他渐渐入梦,
他喃喃着把我的名字唠叨。

我的心多愿意此前已破碎,
只因为早悲痛因为早悲痛
心便麻木,早晨太阳的光辉
不在乎午夜里凝结的霜冻!

免 206
见

花朵不要责怪蜜蜂,
说他总是贪得无厌,
整天在门口嗡嗡。

但是必须交代仆人:
说女主人"不在家",
谁来都不要开门!

207 回家

尽管到家很迟很迟,
  我还是一定得回去;
即使是最美的主意,
  也难比到家的欢愉!

请设想夜已经很深,
  亲人们仍苦苦等待;
忽然传来了敲门声,
  几十年的悲苦意外!

请设想灶堂里的火,
  照亮张张欢愉的脸;
亲人们轻声数落我,
  不听我无力的狡辩!

有了这样的欢乐时间,
千年路途也兴味盎然!

速写 208

红晕一圈圈泛上面颊,
胸衣一阵阵起伏;
她语无伦次像喝醉了,
着实教人担忧。

做针线的手指在颤抖,
针儿已上不了路;
是什么难住了这丫头?
伶俐全化为乌有!

却原来对面一张面子
也泛起红晕片片;
也是一样的语无伦次,
完全像一个醉汉。

那胸膛也是一伏一隆,
配着千年不老的调;
难为这两只小小时钟
终于走出一致步调!

210 胶卷里的思想

轻薄的胶卷里的思想,
比胶卷显而易见——
它像水花镶出的大浪,
像薄雾中的高山。

211 期待与心跳

您慢点儿,伊甸!
双唇不习惯您,
羞着吮您的素馨,
像蜂儿般飞临——

姗姗来到一朵花,
绕她闺房嗡鸣,
盯着甘美的花蜜,
进入馨香躲隐。

请问

若风信子为蜂哥哥
把裙带松宽,
小情人视她为神圣
会一如昨天?

若"天国"终于被苦劝
放弃护城河,
伊甸仍旧是极乐园
郡主同一个?

214 大自然的佳酿

我品尝晶莹剔透的酒——
不用人工方法酿造；
莱茵河边那些个大桶，
未必能制出这味道！

我常常怀莫名的醉意，
额头上爬满小露珠；
在整个夏季漫长日子
流连在绿色的处处！

一只蜜蜂也十分贪杯，
醉翻在花环的门边；
蝴蝶们已停止了浅酌，
我却还是贪得无厌！

等天使撒落雪白的帽，
圣徒们都奔向门窗，
看这个贪杯的小醉鬼
斜倚着墙垣晒太阳！

216 死者与人间

白石膏的屋宇十分安全,
温顺的群体在此安眠;
清晨和正午不再来打扰,
椽子软缎,屋顶石板。

光影笑轻风太阳下摇曳,
蜂对失聪的耳朵空鸣;
鸟儿的婉转不再有回应,
哦,大智大慧寿终正寝。

月圆月缺是人间的日子,
星辰在苍穹运行不息;
皇冠易主总督挂出白旗,
无声如雨点落进雪地!

致 217

救世主！我无处诉说，
所以来求助你。
我是个忘了你的人，
你可还记得起？
我自己也忘记来过，
为那小小负担；
您的那颗威严的心，
我已无力保管；
原先曾两颗放一起——
直到我的太沉重。
奇怪，你的走了我的更沉重——
也太狂放了不合你？

219 晚霞主妇

她移动无数彩色扫帚,
许多碎金便留后边,
哦,晚霞中西下主妇,
且慢,把小池装点!

你撒开了一束束殷红,
漂染琥珀色丝线;
你把东方抹成一笼统,
穿起暗绿色罩衫!

你一刻也不停地打点,
身影渐渐地模糊;
柔和的星星开始闪现,
于是我转身进屋。

冬之感 221

这不是夏季——夏已完结，
而春还早着呢；
要越过漫长白色之城，
才有乌鸦啼声。

这不是死亡——艳红点点，
死只用白色裹；
落日用橄榄石色手链
止住我的疑惑。

222 凯蒂的好朋友

凯蒂走路时,她的左右
伴着一双好朋友;
凯蒂跑步时,这双好朋友
便使劲的摇摆;
凯蒂祈祷时,它们不离开
她虔诚的膝盖;
哦,凯蒂,你有它们相伴,
这辈子甭怕困难!

星星 224

我没有别的随身物,
　　所以就一直带这些;
　　夜神也一直用这些
装点它每天的夜幕。

也许是太司空见惯,
　　大家似乎已不在乎;
　　可是若它们不现出,
回家的夜路就麻烦!

游伴

231

上帝允许勤劳的天使
下午做游戏；
我遇见了其中的一位，
立刻跟了去。

太阳快要下山的时候，
上帝召回他；
老玩弹子真没意思呀，
我很怀念他！

天堂 239

"天堂"我难以到达,
树上那只果子
挂在那里也白搭,
"天堂"于我无益!

彩云在天上闲游
已圈定的土地,
山坳后那座房屋——
极乐园在那里!

她姗姗来迟的紫袍
教人望眼欲穿;
那是个诱人的圈套,
好些人套报废——昨天!

241 痛苦的脸相

我喜欢痛苦的脸相,
因为它很真实;
谁都没法那般伪装,
痛苦超乎虚饰。

死神先使眼神呆板,
一律铁定模样;
额面上渗出的冷汗,
痛苦已极表象。

灵魂 244

灵魂玩儿时活儿便轻易,
如果灵魂有郁积,
只听见他把玩具全收起,
活儿便变得吃力。

彻骨的皮肉之痛可等闲——
至多钻子穿筋腱,
只害怕一只雅致的套子
把灵魂当黑熊关。

245 失去的宝石

我手里握着一颗宝石,
去上床睡觉;
天色暖和,风儿惬意,
我想:"保管好。"

我醒来看看诚实的手指,
宝石已不见;
如今却有美好的回忆,
永驻我心间。

248 天门的障碍

为何不让我进天堂?
是我唱得太响?
可我也能唱个小调,
像只胆怯的鸟!

请天使们让我试试,
就只试一次,
看我是否吵了她们。
也罢,你关门!

唉,如果我是个首脑,
穿件白色长袍;
换了她们来敲门,
我能说不准?

致大海

狂暴的夜!狂暴的夜!
我多愿和你一起,
一个个狂风暴雨的夜
都是我们的奢侈!

风,已失却用途,
心,已落帆港湾,
无用了,海图,
无用了,罗盘!

泛舟伊甸园乏味!
哦,大海!
今夜请许我倚偎
你的胸怀!

诗250 诗人

我要不停地歌唱!
鸟儿们越过头顶,
一路去更灿烂的地方。
每只——怀着知更的坚定,
而我——带着我的知更
和我的歌声。

到了盛夏,我要代知更鸟
唱起更加饱满的曲调——
晚祷应该比晨曲更美丽,先生,
早晨只是孕育正午的种子一粒。

天真 251

篱笆那边,有
红红的草莓,
我很想爬过去,
果子多鲜美!

如果我弄脏围裙,
上帝肯定骂;
唉,他也是孩子多好,
肯定也想爬!

希望 254

希望是一只小小鸟,
栖息在你的心灵;
它唱着无词的曲调,
一刻儿也不消停。

和风中它唱得欢愉,
暴雨里声音沙暗;
无论遇和风或暴雨,
它给许多人温暖。

在诡谲的大海之上,
在寒风刺骨大地,
我都听到过它歌唱,
从不要求我喂食。

解脱 255

死,是个很短的过程,
据说无伤也不痛;
死的感觉是渐渐昏沉,
然后生命了无影踪。

生者臂上戴一个黑圈,
或在帽沿镶道黑边;
第二天太阳温馨到来,
帮助生者忘记悲哀。

逝者的离去有点神秘——
从不缺对我们的爱,
终于有一天油尽灯熄,
从此解除困苦劳累。

258 绝望的印章

有一种斜射的光,
在冬日的下午——
如教堂里的合唱
给精神以担负。

它给我们那一击——
不会留下外伤;
只是内心的意义
从此不再一样——

得不出任何教训——
是个绝望印章,
一种压迫的痛楚
我们周身弥漫。

它来时山水倾听——
鬼影也屏息;
它去时渐远渐隐——
死神表情里。

烛光

晚安!——谁把蜡烛吹了?
是嫉妒的轻风,我知道!
哦,朋友,你不知道
天使一直在剪理烛火,
她们都在辛勤把你关照,
此刻吹熄是为你好!

这烛原可能在灯塔点着,
让夜航者再三再四地瞧,
以便不会偏离航道;
这烛还可能像一弯月牙,
陪伴野营帐篷里的司号
吹响清澈的起床号!

266 晚霞即景

这晚霞洗刷过的大地,
这绵延的黄海之堤,
浪从何起,冲向何方,
全都是西方的神秘!

夜复一夜,她显赫的里程
登岸把乳色小石撒遍;
商人们张帆向地平线起程,
浸着晚霞,渐隐渐远。

白白 271

我说这不是为好玩——
只穿白色衣衫；
上帝也该认为合适——
她的无瑕神秘。

把一生放进紫色井——
这是圣事一桩；
可惜它没什么分量——
终又漂回永恒。

我想福分到底像啥——
感觉起来很大？
如果我把它拿上手——
会像雾霭飘走？

于是我这条"小命"——
圣人自不足道；
内心向地平线延进——
自嘲一声"渺小"！

歪主意 272

吸足气来个歪主意,
憋紧了不漏掉;
我装作只剩一口气,
谁见谁吓一跳。

使足劲不让肺扇动,
严防细胞狡诈;
把哑剧演员也感动,
两只风扇苦煞!

见鬼 274

只一次我看见了鬼,
他的衣裳镶花边;
但是他没穿皮带鞋,
步态好像飘雪片。

他又像是无声的鸟,
速度快得像小鹿;
摩西般古怪的打扮,
却又像棵圣诞树。

很难得他开口说话,
笑声好像一阵风——
吹皱那平静的水面,
消失在默然树丛。

我们的会见很简短,
他自己还红了脸;
上帝不准我回头看,
那天我毛骨悚然!

英语 276

英语有许许多格言,
我聆听只消一句——
轻柔如蟋蟀的笑语,
洪亮如雷霆发言——

像古老里海的音乐,
当潮汐洗刷堤岸——
用那日日新的小曲
跟自己低声倾谈——

像鸥鹰明亮的啼鸣
打破我天真睡眠,
像催人奋进的雷鸣
惊醒我,泪流满面——

不是因昨天的悲酸,
而是欢欣太突然;
请再说一遍,撒克逊!
轻些,只对我一人!

自由的向往

277

那又怎样——如果我不再空等!
如果我劈开这肉身的闸门,
向往着逃向了你!

那又怎样——如果我锉开这躯壳,
看明白我伤在哪里,然后呢——
奔向自由的天地!

他们从此再也没有办法捉拿我,
虽然地牢会嚎叫,枪声要发作,
于我已毫无意义——

那只像一小时前笑得喷饭,
或像些花边,或像次巡回展,
或有谁昨日归西!

世道 278

在炙手可热的日子里,
扇凉的朋友很好找;
一旦你开始冒寒酸气,
温暖的面孔寻不到。

风向标稍稍有点偏离,
体面的灵魂先吓着;
虽然那厚实的呢料子
远比薄细纱布坚牢。

这是谁的错?那位织工?
唉,世间眩目经纬线!
天堂里一幅幅漂亮挂毯,
就这样无曲无调完工!

告别 279

主啊,请用绳系我生命,
然后便可上路;
我只想看一看车马,
能行!够神速!

请安顿我坐得牢靠,
以便不会坠落;
我们去受末日审判,
一路有些下坡。

我不在乎各式路桥,
过河涉海等闲;
你定这场永恒之赛,
是我自己挑选。

再见,习惯的生活
和熟悉的人家;
代我再吻一遍群山,
然后我便出发!

280 脑海里的葬礼

我的脑海出现一场葬礼,
吊丧者络绎不绝地
踏呀踏呀,直教人觉得
感官就要无嗅无息。

当吊丧者一个个坐定,
仪式好像一面鼓
敲呀敲呀,不断震得
我脑子就要麻木。

接着,棺材终于被抬起,
响动刺痛我的灵魂,
然后又听见铅般的靴子,
太空响起哀乐声声。

苍穹好像是口大丧钟,
生灵剩一只耳朵,
我默然无语,像陌生人
落难,在劫难躲。

接着,理智之搭板断了,
我直往下掉,往下掉,
我东碰西撞落进了阴曹,
于是,从此一了百了。

284 滴水

一滴水掉进了海里,
忘记自己的位置,
像我——奔向你。

她知道自己很小,
但她说小也很好,
大了有啥大不了?

大洋听了微微笑,
自负的她莫名其妙,
"笑我?"她愕然问道。

_287
一只钟停了

一只钟停了——
不是壁炉上那只,
日内瓦最棒技术
难以教木偶报时,
它挂着无声无息。

敬畏袭击了摆设!
数码弓着背痛苦——
抖索着离开序列
进入无尽的正午。

它已救治无望,
那雪亮的钟摆
任凭店员拨弄,
冷冷地不摆动。

体面的指针多情,
细长的秒针情多,
几十年一意孤行,
如今这生活
隔开钟与他。

名气

288

我是无名之辈,你怎样?
你也无名气?
那么咱是一对,——别声张,
有人要吹嘘。

名气令人疲敝,公众
青蛙般的品性
甚至在茅坑里也热衷
聒噪你的大名。

289 路边小屋

孤零零的路边小屋
小偷最爱光顾,
木门闩,
低窗扇,
十分诱人
往门道钻。

两个黑影在匍匐——
一个握撬具,
一个嗅声息,
拿准主人已睡死,
两双老牌贼眼睛,
一向显得很镇定。

夜的厨房不凌乱,
时钟的嘀嗒,
他们止了它;
老鼠不吱声,
四壁屏息,
谁也不知——

桌上搁的眼镜不会看
墙上的月历不张眼,
难道那张草席会知情
或有颗星会发神经?
倒是月光洒下了楼梯,
瞧见了谁在那里!

洗劫！这里那里
水罐，汤勺，
耳环，宝石，
挂表，胸花，
件件是老奶奶的宝物，
她睡死在那间屋。

白天也有了响动，
偷窃显得笨拙；
太阳已高出
第三棵枫树。
大公鸡声嘶力竭——
"谁在那里——？"

一个个回应诱来
吃吃笑声："哪里——？"
这时候，老两口爬起来，
看阳光射进门，——门半开！

294 最后的慰藉

将死的人看着日出,
心里有别样快乐;
因为自己非常清楚:
明天不可能看了!

明天要处死的囚犯,
侧耳听草原的歌;
那歌声非常的婉转,
不像是一支哀乐!

他很知足——死前
再看一次日出,
他很快乐——死时
有草原鸟唱歌!

风 297

它好像是亮光,
　　给予无形欢愉;
它好像是蜜蜂,
　　总唱不尽歌曲。

活泼泼的风儿,
　　爱在林中漫步;
它并没有言语,
　　但激动了绿树。

风儿召来清晨,
　　然后继续赶路;
它像古老的钟,
　　准时敲响正午。

思绪 298

我难以静心独处,
　　访客总不断光临;
一大帮不作记录,
　　便扭开我家大门。

他们赤身没名字,
　　无年龄也无来历;
全都属平凡家世,
　　像小精灵在一起。

他们多半儿要来——
　　我内心这样感知;
他们许是会离开,
　　但是永不会远离!

301 我在想

我在想,尘世很短暂,
苦难却每日每天;
许多人都遭了殃,
——可是,那又怎么样?

我在想,大家都会死,
就算有无比活力,
也不能地久天长,
——可是,那又怎么样?

我在想,将来到天堂,
兴许能有些补偿,
大家看到新景象,
——可是,那又怎么样?

303 心灵的友伴

心灵选定自己的友伴,
然后门关紧;
她的神妙非凡的成年
从此就归隐。

马车停在她的矮门前,
她像没听见;
皇帝跪在她家的门垫,
她不看一眼。

我知她在泱泱之国度
选中了一位;
从此她便关紧了门户,
心如止水。

304 白天来了

白天从容五点钟到——
一下子跳出山谷,
像红宝石揭去薄纱,
像火枪击出火束。

绛紫已守不住东方,
朝阳从四面出击,
像女人用一巾嫩黄
把整个黑夜裹起。

快活的风摇响手鼓,
鸟儿们成队成批
跟它们的王子飞舞,
司鼓就由小王子。

果园面貌容光焕发,
多么令人振奋啊——
造访这壮阔的地方,
做客这白天厅堂!

305 心智的大敌

绝望与恐惧是两码事,
两者的不同很具体:
恐惧在临翻船的一刻,
绝望是已落到水里。

人的心智要平顺不躁——
像在欣赏半身石雕:
眼光放心落在它额面,
心中有数它不会看。

画家 307

他能够把夏之味复制——
本身比夏之日更精彩,
虽也只人类渺小一位。

他能够造出一个太阳——
慢悠悠慢悠悠地下落,
阳光摇曳出黑白朵朵。

当东方已经老态龙钟,
西方也变得无声无臭,
他名声依旧。

308 我的大作

我送走了两个落日——
我和白天比赛跑。
我做两个加几颗星,
他那个还没做好。

他做的硕大,我的,
一如曾告诉友好——
我做得十分的便利,
拿在手上很轻巧。

309 女人的心

我知道女人的心有多大——
我自愧没法比；
我知道女人的心这么大——
能容纳箭一支；
所以，当有了这个看法——
我更善待自己。

雪 311

从铅色的筛子撒落,
给整个林子扑粉;
用棉花糖般的羊绒
抹平路上的皱纹。

无论是高山是平原,
显一张平整白脸;
完整先从东方露面,
又重新回归东边。

它到达了篱笆之所,
把它们一一包裹——
那好像不再是篱笆,
然后把秀丽面纱

铺向树墩、花梗、草垛,
夏天留下的空屋,
丰收,曾经一亩亩,
没有它便无收获。

台柱搓起个个园凸,
好像皇后的踝骨;
筛工鬼怪般躲隐了,
是想否认曾作乐。

草木的灵性

314

造化不时枯死一株树苗,
或剥掉一棵老树的皮;
她绿色臣民便收集养料,
活得自在,生生不息。

叶长叶落是无言的明证——
万物在经历不同时令;
虽然我们人人有个灵魂,
草木比我们活得灵性!

315 搏击命运

命运摸索你的灵魂,
像琴师调试琴键;
音乐还远没有奏完,
他已经把你击昏。

为使你脆弱的性情
顶得住空灵一击,
一只只隐约的槌子
一次次由远及近。

呼吸你有时间调整,
大脑来得及冷静;
忽然那霹雳般一声,
剥开你赤裸灵魂。

风爪子掌控了森林,
宇宙,罩一派寂静。

318 日落日出

我告诉你太阳怎样出来——
一出来像挂起条丝带。
个个塔尖紫水晶里淋浴,
消息传播像松鼠跳跃。
群山脱去了它们的盖帽,
鸟儿们也开始了鸣叫。
我于是便禁不住自语:
"一定是太阳出来了!"

但是我不知他怎样下去。
好像有一条紫色阶梯
许多黄皮肤的少男少女
一直在向上爬去,
等他们爬过了那边山头,
一位穿灰色外套学监
便轻轻关上黄昏的栅栏,
把他们一一领走。

练 320　　我们捏弄泥团,
　　　　　　　做成逼真珠玑;
　　　　　后来丢掉泥团,
　　　　　　　认为这没出息。

　　　　　可是这双嫩手
　　　　　　　因此学会些技艺;
　　　　　请把泥团捏够,
　　　　　　　个中自有道理!

好运 323

我想要一点小小施舍,
抖抖索索伸巴掌;
施主递过来一个王国,
呆站着我直迷茫。

生怯怯地我说东方啊,
来个早晨该多好;
它揭起那紫色的帷幕,
抖给我一个拂晓!

324 安息日

安息日人们去教堂,
我则待在家里;
小鸟为我唱诗,
苹果园就是大教堂。

安息日人们穿白衫,
我则插起翅膀;
小司事不必去敲钟,
他只为我歌唱。

上帝这位出色教士,
讲道从不冗长;
他不描述天堂景象,
而我终于神往。

我的行当

326

我不会踮起脚舞蹈,
没有老师教我;
但常有支欢乐曲调
据着我的心窝。

而如果我精通芭蕾,
一定外出表演,
让剧团也显得苍白,
教女主角发癫。

我没有亮丽的薄纱,
也不戴小髻发,
难鸟儿般取悦观众
把小脚儿劈叉。

我也没有戴绒花球,
在舞台上轻盈,
音乐声中鞠躬谢幕,
全场一片欢欣。

我更无须需有人知道
我知道的行当,
像歌剧演出般海报
开足马力捧场。

327 共享才快乐

死神剥夺我视力之前,
我也一样爱观看;
眼睛不分派别的用场——
大家都是这样想。

但是,如果今天有人说——
整个蓝天是我的,
听着:我心会立刻裂破,
虽然渺小不足惜。

占有蓝天便占有草地,
还有那崇山峻岭;
一座座森林连绵不止,
入夜闪烁着星星,
正午的灿烂助我目力——

看鸟儿水面低飞小酌,
早晨琥珀石般小径,
爱看就看,全属于我——
这种报道准要我命!

所以为了安全,我只敢
灵魂贴着玻窗看,
和别的生灵一起观赏,
也一齐无视太阳!

小鸟 328

一只小鸟飞落路边
不知道我在看,
他把一条蚯蚓啄断
又一一吞咽。

他在身边的草叶上
喝了一滴露珠,
接着他跳到了一旁
给一只甲虫让路。

他那样匆匆地四顾
眼神充满惊恐;
他那毛茸茸的头颅
在不停地转动——

显然是在警觉危险。
我撒去些面包屑,
他立刻张开了双羽
轻捷地往家飞去。

他的双翅好像双桨
在蓝天大海银亮,
像正午岸边的彩蝶
悄无声息地升降。

329 快活与辛酸

我们快活得忘了形,
外人以为是伤悲;
因为该假日般高兴,
我们却当众流泪。

我们自己怎么评判?
快活背后是辛酸;
两者一样泪花闪闪,
光学家也傻了眼!

小草 333

小草没什么大事要办,
  便给大地点缀些绿色;
蝴蝶儿翩翩飞来产卵,
  小蜜蜂嗡嗡打圈作乐。

当风儿唱着经过大地,
  小草便用波浪来相送;
它把阳光收集在怀里,
  凡是路过的它都鞠躬。

每当到了静寂的夜晚,
  它便佩戴起串串露珠;
它的这一番天然打扮,
  公爵夫人也自愧不如!

有一天小草它若死了,
  便献出那淡淡的清香;
农场上多的正是草料,
  所以这清香也很平常。

高贵的牲畜同住作伴,
  剩余的日子做梦终了;
小草没什么大事要办,
  我真愿自己是棵小草。

335 生之苦

不是死神把我们折磨,
活着折磨得更多;
死亡是一种不同途径
善意地躲在角落。

鸟儿天生有南飞习性,
不等那霜冻来临,
便迁徙到较好的地盘;
而我们只会苦等——

哆嗦在农场主的门道,
等待难得的恩惠;
我们自激自励,直到
雪花劝我们回归。

337 夏日离去

我知道有块地方夏日
和老到的严霜争执,
她年年把雏菊领交大地,
简单记一笔:曾遗失。

但当南风把池水吹皱,
在小径小巷里争斗,
她开始觉得力不从心,
疑疑惑惑地把歌声

唱给顽硬不化的石板,
于是各种香料弥漫,
露珠也悄悄结成石英
镶贴她琥珀色鞋面。

338 哀痛难了

我知道他仍旧在，
静心而默然；
把天造地设之生，
躲埋过俗眼。

这是场短促演出，
太出其不意；
把那分惊悚祝福
做到了极致！

这演出太过残酷，
直刺人心窝；
死神僵硬的注目
教欢乐罪过。

了无生趣的节目
太过于昂贵！
死神的玩笑利爪
爬抵我心扉！

347 黎明前

当黑夜马上要过去,
阳光就十分临近;
天空似乎伸手可触,
请沐浴梳洗欢迎。

大地上一个个笑靥,
准备着展开笑意;
那令人悚然的午夜,
早已经销声匿迹。

永恒 350

前人把"无限"交给我们,
他可是非同常人;
他的手指支支像拳头,
而拳头,像大汉。

他是那般的顶天立地,
手臂像喜马拉雅山;
直布罗陀的坚实鞋子
轻轻踏在他的巴掌。

所以,信赖他吧,伙计,
为你,也为大家;
永恒就是无边的丰裕,
来得够快,还真切。

351 初到天堂

我把生命捧在手心,
看看它是否还在;
我把灵魂靠近明镜,
以证明它更实在。

我把我这副皮囊旋转,
在每个鱼塘边稍停;
向塘主人要一张名片,
以确信我听到声音。

我端详自己,抓弄头发,
触动酒窝,等着看它
是不是又会重新漾起,
以便证明确是自己。

于是我告诉自己"勇敢些,
朋友,一切已成过去,
今后咱得学会喜欢天堂,
跟喜欢咱老家一样!"

无题 352

我曾经一度要求过大:
我要整个儿的苍穹,
大地上万物密密麻麻,
像我家乡浆果丛丛。

我的篮子正适合苍穹,
拎起来可以很轻松;
可惜,总被俗物填充!

物件 360

死神赋予对象以意义,
当年只匆匆一瞥,
直等到一个人已离去,
我们这才教自己

想一想这小小的劳作——
彩笔画或羊毛衫,
竟然是"她最后的手工",
夜以继日的苦干

直到顶针变得太沉甸,
针脚也止于当年;
物件安置在壁橱某层,
尘埃落定在上面。

我有一本书,友人赠品,
铅笔的字迹这里那里,
精彩的章节他一一标明,
安息了,走笔的手指。

如今我去翻动难以卒读,
时不时滚落的泪珠
把那些珍贵的痕迹模糊,
花大钱也难以修复。

无题 361

办得到的,我定努力,
　　即使事情水仙般渺小;

办不到的,那多半是
　　可能性还没有看到。

闪电

我总是觉得
　　闪电很新鲜——
云层忽然爆裂,
　　迸发出火焰。

黑暗中我被烧着,
　　美梦烫出水疱;
看着令人伤心,
　　当东方破晓。

暴风雨很简短,
　　却是又快又猛;
造化也没个时间
　　放任它天上狂奔。

363 死者活着

那天我去感谢她,
她已经安眠,
躺在石室里面,
头脚边放满鲜花——
是先来者的敬献。

他们来感谢她,
她在安眠;
他们匆匆跨过海面,
好像她还活在人间,
离去时频频回头看。

回忆 367

一遍又一遍,回忆
好像一支曲子;
鼓声阵阵振奋死者,
天堂号声响彻。

受过洗的先行者们,
声调和谐不够;
全靠经挑选的队列
唱在主的右手。

殇 369

像在游戏中躺下,
生命虽已离开;
好像还打算回来,
只是不会很快。

她好动的双臂半垂,
像是在歇口气,
想一想要做的游戏,
然后马上开始。

那活泼的双眼半闭,
似乎它的主人
马上就要向你调皮,
眨巴闪亮眼睛。

早晨已在敲门,
这一次,毫无疑问
是来迫她就寝,
轻轻,她睡得很深。

371 在图书馆

这真是珍贵得销魂——
邂逅一册古籍；
那副旧世纪的打扮——
他有这个权利。

牵起德高望重的手——
给以当代温情；
请回眸他那个年代——
他也曾经年轻。

细察他不凡的思想——
一层层很卓越；
我们有共同的思考——
关于人的文学。

学者当时关注什么?
什么引起论战?
柏拉图已经是权威,
索夫是条好汉。

萨福还是个小姑娘,
贝雅特丽丝呢,
穿着但丁制的长衫——
几千年往事啦。

古籍通古贯今,亲切
像位进城老人；

他说你向往的属实——
他来自梦之城。

他的现身充满魔力,
你求他别离去;
他却摇摇羊皮书面,
这般让你发急!

人生

372

我理解各样人生,
思念而不悲情;
种种一时的需求,
永不会有止境。

最近缺失的一位,
并不是去比翼;
第一位命如蚊蚋,
跟着去很容易。

374 天国的景象

我去到天国,
这是座小城;
羽绒做床垫,
红宝石点灯;
露珠一串串,
比田野宁静;
图画般美景,
没人画得成;
小城的居民,
飞蛾般轻盈;
衣裳镶金边,
名字也温存;
蛛丝牵网络,
努力尽本分。
这个好地方,
使我好开心!

377 生命与信仰

人若是失掉了信仰,
比失掉财产更甚;
财产可以重新获得,
信仰则绝对不能。

信仰和生命如影随形,
两者休戚与共;
信仰一旦消灭殆尽,
生命终生贫穷。

秘密 381

秘密一经出口——
不再是秘密;
秘密藏在心里——
恐惧踞心头!

还是恐惧无害——
除此而外,
有谁值得信赖!

关于死

382

关于死——或者说
死能兑换的东西,
就是把生解脱,
生的机会放弃。

死能买到的东西
是空地——
逃离现实
和名义。

生的赋予
如何与死的赋予相比,
我们不知,
但价格明摆在这里!

自由 384

酷刑没法把我征服,
灵魂绝对自由;
这副皮囊虽然易朽,
骨头钢铁铸就!

锯子不能把它截断,
钩刀难以戳透;
躯壳虽然遭受羁绊,
灵魂翱翔宇宙!

且看这样一个榜样:
苍鹰脱离窝巢,
自由自在飞在天上。
你,也能办到!

可怕的却是你自己
成了自身大敌;
意识如果当了俘虏,
自由必受束缚!

对话

七月,请问你——
蜜蜂在哪里?
嫣红在哪里?
草丛在哪里?

哦,七月说,
我也请问你——
种子在哪里?
花蕾在哪里?
五月在哪里?

咦,五月道——
这要有雪飘,
这要有风铃,
这要有鲣鸟。

鲣鸟连忙讲——
哪里有玉米?
哪里有雾气?
哪里有牛蒡?

年说——
都在我这里。

送葬 389

对面那一家有人归西,
时间就在今天;
死人的屋也显得丧气,
所以不难猜断。

邻居们进进出出忙碌,
医生则驱车离开;
忽然敞开了一扇窗户,
一件东西飞出来——

飞出来的是一个床垫,
孩子们赶快避让;
他们猜人就死在上面,
我从前也这样想。

那牧师表情凝重进屋,
好像他就是主人;
吊丧者个个对他臣服,
无论是大人小人。

帽商向女人分发黑帽,
棺材商也来了;
棺木在屋里丈量摆好,
送葬要开始了——

流苏遮过眼睑,马车缓缓,
广为告知的气氛

好像报纸的消息弥漫——
只在一乡村小镇。

死神 390

它来了,从不误事的精灵!
它穿过弄堂,来到门口,
驾轻就熟地拉开了门扣,
进门便问:"认识吧,先生?"

简单的礼仪,准确的认定,
像友人来小住,仇人般狠心!
给一家又一家张挂黑纱,
带一个又一个去见上帝。

百合花 392

经受了严酷黑暗环境,
百合出泥伸直腰;
她白色的脚站得坚挺,
信念从来不动摇。

于是,原野上小溪边,
摇动绿宝石小铃;
她在大千世界里陶然,
全忘却往日凄清。

399 高处的房舍

高处有座房舍,
　　车马从未到过;
没有死人抬下,
　　也没小贩送货。

烟囱从不冒烟,
　　玻窗倒还显括——
最早映出朝阳,
　　最后照着晚霞。

它的主人咋啦?
　　没有邻居相告;
我们不好说话,
　　上帝他没通报。

命数

多少花朵在林中枯黄
或荒山野岭成泥,
从没有机缘听人赞赏
她们的香艳美丽。

多少没有名字的荚豆
清风来临中零落,
不期然被眼红的捡走,
成了别人手中货。

我之见 405

人世间要是没有孤单,
孤独感就会更行;
我此生十分习惯认命,
也许还习惯沉静——

沉静能全然戳穿黑暗,
充盈这小小房间;
肘尺量不出房间寒酸,
它容不下大圣典。

我这人不太喜欢希望,
它甜言包装乱闯,
把本来这么一块圣地,
糟蹋得苦难重重。

看见了陆地却淹死了,
这没有什么不好;
赢个绿色半岛却乐得
一命呜呼那才糟。

战场 409

像雪花消逝流星陨落,
像玫瑰的花瓣
突然遭到六月的冰雹,
被撕打成碎片。

永眠在无缝的青草地,
从此了无影踪;
但在上帝的花名册里,
记着每张面容。

419 直面黑暗

我们逐渐适应黑暗,
当灯已经灭掉;
像邻居在门口举灯,
关照我们走好。

开初我们用脚探路,
摸索新夜黑暗;
渐渐我们适应夜幕,
终于直步朝前。

比这大的夜般黑暗,
出现脑海里面;
那里没有星星闪烁,
没有明月出现。

勇敢的人开始摸索,
步子蹒跚忐忑——
可能迎面撞上大树,
终于学会生存——

也许黑暗就要消弭,
也许有所发现,
黑暗之中调整步履,
生命直步向前。

心事 421

一张妩媚的脸
　　显得有些模糊——
她总戴着面纱,
　　不敢多所暴露。

透过面纱睇视,
　　想约见又不敢——
怕心中的偶像
　　会觉得不美满。

人生 423

月有天数年有长度,
无论什么力
也拉不长天数长度,
把苦难延续。

疲惫的生命大地放回
她神秘的抽屉;
她办法温馨,谁都认定
那是终极休息——

这好像孩子们的状态——
白天已经玩累,
他们和小猫小狗之类
不得不分开。

425 留恋人间

你好哇,午夜,
我要回家啦。
白天已厌倦我,
我不厌倦它。

阳光这美好地方,
我实在很留恋;
但早晨不要我了,
只好告别白天。

我还是看得见的——
东方泛起红绛,
群山现出一条路,
把心带向远方。

你不大可爱,午夜,
我选择了白天,
请他收留个小姑娘——
但他转身不管!

429 月亮和大海

月亮远离着大海,
她用琥珀的手
引领——引领顺从的小孩
沿着沙滩走——

他从来守时很准,
听令她的眼色;
他适当靠近小镇,
又适时地后撤。

哦,先生,你是琥珀的手,
我呢,是遥远的海;
你的指令,我随时恭候,
你的目光,我在担待。

431 天堂之设想

我？来？如此灿烂之地，
令我眩目不已！

我？听？侧耳欢迎之声，
令我觉得陌生！

圣人们不太会在乎
生怯怯的脚步，

要是他们还记着我，
我假日般快活；

天堂于我就是倾听
呼唤我的姓名。

有感 435

疯癫是极好的感官——
别具洞察的眼;
感受多了最是疯癫——
但见那多数
压垮了无数。
附和,你头脑清楚;
异议,你是个危险,
立刻戴你一条铁链。

436 风儿的来访

像一个疲惫的大汉,
风儿轻轻敲门;
"请进!"我很大胆,
它进我家大门。

它是无脚飞将军,
无须准备座椅;
椅子于它,等于
沙发之于空气。

它没有骨架这镣铐,
发言很是雄辩;
好像是千万只小鸟
唱着划过蓝天。

巨浪是它的容貌,
指尖非常温和,
若在草地上小跑,
便奏轻快的歌。

它进门就想出去,
开门像胆小鬼;
它不露行迹来去,
留我独自发呆。

439 美味的要素

饿着的人,食物于他是
天字第一;
他会绝望,如果食物是
不可企及;
一旦吃到,饥饿被平息,
但是同时
味道消失。
看来,美味的要素是——
距离。

441 给世人的信

这是我留给世人的信,
世人没给过我片言;
造化讲述朴素的消息,
她总是温厚又庄严。

造化她一直在发信息,
接手人我已无缘见。
出于热爱她,同胞们,
审判我时给点情面!

442 龙胆草

上帝做了株小小龙胆草,
然而他想当玫瑰花;
当不成,夏天老爱取笑。
但是正当要飘雪花——

忽然冒出紫绛一大片,
点染了整个小山岗;
于是夏天不敢再露面,
嘲弄的笑声也收场。

多亏霜冻提供好条件,
龙胆紫才可能出现;
原来它一直向北祈求:
我能开花吗,造物主?

去年这时候

445

正是去年这时候,我死去,
被抬着经过农场;
苞谷上的缨子一绺绺,
一株株在风中响。

我当即想,苞谷黄橙橙,
理查德挑了进磨坊;
于是,我便想坐起身,
但是已没法动弹。

我又想,果树枝叶伸张,
红苹果卡在枝杈间;
大轮子车在上下检点,
把南瓜一一收藏。

不知哪一桩更使我纠结:
当感恩节来到了,
爸爸要不要添许多杯碟,
客人们一一分到。

或者是我长筒袜挂高了,
圣诞老人够不着,
这就会把欢乐搅黄了,
只怪我做事毛糙。

我这类想头令自己扫兴,
于是我换了一条思路——:

如今此刻，了不起的年景，
好事桩桩，把我围堵。

447 致大黄蜂

嗡嗡的大黄蜂啊,
我能做得更好吗?
我奉献给女皇的,
也只是一束鲜花!

诗人 448

这才叫诗人——他善于
从平凡的意味
提取令人惊叹的精义;
从见惯的品类

提炼出极妙的玫瑰油;
我们禁不住惭愧:
花开花落在自家门口,
我们竟无所作为!

诗人在我们面前展开
一幅幅画;
我们拿他相比,活该
一生贫乏!

命运?他不在意,他握
财富一大笔,
强盗难以夺取,也不
因时间流失!

真与美 449

我为美而死,可是
还没适应墓地,
有个人为真理而死
已躺在我邻室。

他轻轻问为何而死,
我说:"为了美。"
"我为真理两者一致,
真和美是兄妹。"

像亲人在黑夜相逢,
我们隔墙谈天;
直到青苔爬上嘴唇,
把俩名字盖掩。

遐想 450

梦很好,醒则更好;
如果早晨醒,
或者午夜醒,都好;
可向往黎明。

令人遐思的知更鸟
使树木欢腾;
如果是这样最好——
黎明能永恒。

爱情

爱情啊,你高高在上,
我攀登无望;
如果有个伴侣,
我们轮番协力,
登上钦博拉索之巅,
用高贵与你比肩。

爱情啊,你深如海洋,
我难以跨过;
如果有人相帮,
划手与快艇协作,
谁敢说在某个夏天
我们追不上太阳?

爱情啊,你蒙着轻纱,
难得露真容;
微笑,变卦,唠叨,消逝,
福分里不可缺少你;
上帝给你一个昵称:
永恒。

461 去意彷徨

天一亮,我便要为人妻,
旭日呀,你要给我锦旗?
此刻午夜我好歹是处女,
时间竟匆匆要我变新妇!
午夜啊,就此越过你了,
去东方,寻我圆满结局。

夜色很好,我听见呼唤,
天使们在厅堂又忙又乱,
他已在悄悄地踏上楼梯;
急匆匆我默念儿时祷辞,
孩提的日子竟就此了结!
永生啊我来了,不迟疑,
救世主容颜我本已熟悉!

厮守 463

我厮守着他,不再启程,
脑海印着那张脸;
虽有来访,或落日西沉,
我专等死神约见。

约见是这般不容分说,
声言他有权在先;
把一份无形判决交我,
判我与婚姻无缘。

我厮守着他,听他倾谈,
我今天站得挺稳,
在等着见证那个必然——
去西天我们永生。

时间老人虽方法古旧,
教信念与日俱坚——
生活之河永不会断流,
别在乎什么审判!

死之哀 465

我死时一只苍蝇嗡嗡,
房间里一派死寂,
恰如暴风雨来临之前
空气中沉沉气息。

一双双眼睛哭干眼泪,
一个个呼吸停顿;
专等那阴间国王前来
发一道最后通令。

我立下遗嘱分发所有,
签字赠送纪念品;
而恰恰就在这个时候
冲进来一只苍蝇——

这苍蝇向着我和光线
阴沉着嗡嗡诉怨,
这时候窗户渐渐黑暗,
我也就视而难见。

466 我的财富

我不怎么在乎珍珠，
因为拥有大洋；
帝王大堆宝石胸针，
我懒得看一眼。

我是个矿山的王子，
见惯黄金钻石；
但遇到合适的皇冠，
便觉超凡不已。

玩童 467

我们不在坟头上玩,
那里不够空旷,
而且那里太不平坦,
还会来人吊丧——

他们前来放些花朵,
板着悲伤表情,
好像心儿就要下落,
令人十分扫兴。

于是我们赶快逃跑,
像遭敌人追赶;
我们边逃边往后瞧,
当然只是偶然。

太阳 469

早晨你红得耀眼,
正午像紫罗兰;
当黄昏渐渐降临,
色彩渐无踪影。

但万里广袤之夜,
星光有如烈焰;
在你的天庭领地,
你总不倦不熄。

活着 470

我活着,真好,
四肢树枝般伸展
享受晨光照耀;
每一个手指尖——

红润得暖呼呼,
嘴唇贴玻璃吹气
玻片便模糊——
医生说这叫呼吸。

我活着,因为
不独占一间房——
被摆在厅堂
让来人瞻仰——

来人躬身站定,
说"已经冰冷",
说"一定很高兴
步入永恒"。

我活着,因为
不拥有一座屋
专供我独住——
不适合另一位。

屋前刻我的本名,
方便访客明白

我家的门牌,
无须费神去找寻。

多好呀,活着!
永不会有终了——
入世然后离世,
我都在你心里!

双重的失落 472

如果说天国已临近,
似乎就在家门口,
我一定十分地挂心;
可惜全在我脑后。

忽听说长者已仙逝,
我竟从没想亲炙;
于是有双重的失落,
悄然潜入我心窝。

命运 475

命运是座无门之屋,
由太阳领大家走进;
然后,梯子便被抽去,
谁想逃吗,没门!

于是大家便来做梦,
忆想当年下界种种——
松鼠贪玩,浆果等烂,
云杉老向上帝鞠躬。

人生 478

我没有时间怀恨,
坟墓横陈在前;
人生是这么短暂,
我来不及嫉恨。

我也没时间怀爱,
但人生得勤快,
来一点爱的劳作,
于我已经够多。

答问 480

我"为什么爱"你,先生?
且看
风儿不向小草发问——
为什么自己路过时
她便站不稳。

风儿很知道
而你不知道,
我们相互之间
也不十分知道,
智慧就此一丁点。

闪电不问眼睛——
为什么自己一闪
她就一闭,
他知道不该提,
理由最多也不济,
跟微妙有点关系。

旭日逼我努力,
那光辉,我会意,
所以,先生,
我爱你。

即景

481

喜马拉雅山弯下身
看低低的雏菊,
怜悯雏菊这么娇小
来到此地安居。
她本该与帐篷相依,
张挂白雪的旗。

愧疚

482

盖上你亲切遗容,
不是厌倦你;
你一辈子在操劳,
我们记着你。

我们陪在你身边,
看你合上眼;
从此就是永别呀,
我们在呼唤。

口口声声说爱你——
太空洞言语;
该千百倍报答啊,
而你已远去!

484 我的花园

我的花园像海滩,
表明海在不远处;
夏天,
她爱捡回些珍珠,
像我。

486 我在家里

我在家里最不起眼,
占一个最小房间;
入夜,小灯和书相伴,
还有一株天竺兰。

这种景况合我心意——
源源降落的金币
我一一捉进篮子里,
此外,我敢断言——
再没有别的!

我不开口除非被问,
回答细声而简明;
我受不了大声嚷嚷,
喧嚣更叫我恶心。

如果景况不是这样,
有个亲人要离世,
那么我肯定这样想——
曲已终也该归西。

487 相会在天堂

你爱主虽然你看不见,
你每天给他写信;
一醒来便动手写一点,
想写上许多事情。

你正想写得洋洋洒洒,
却很高兴地发现
上帝的家就只需一跨,
我家也在此,你看。

木匠 488

我被造就成了木匠,
朴实而不伪装;
我准备好刨板工具,
建筑师才到场。

只消手艺发挥精湛,
板材刨得适中,
成效达到他的标准,
他会雇你做工。

一心仿制人的嘴脸,
我埋首工作台;
原来我们在建殿堂,
他劝我对照人类。

残忍 490

向不让喝水者
讲述水是什么,
是否由他自己猜想
更令人断肠?

把他领向水井
倾听水滴声音,
如此这般地提个醒
是否更要人命?

求助 502

至少,祈祷总还行,还行——
耶稣啊,在音乐声中
我不知哪一间是你的卧寝,
我到处敲门,没敲中。

你把大地震安置在南部,
大漩涡定在挪威之西,
请说,你这位耶稣基督,
怎不肯助我一臂之力?

511 爱的等待

如果你秋天里就会来,
我定把夏季抹尽;
怀着笑意,讨厌夏季,
像主妇对付苍蝇。

如果一年后能见到你,
我定把月份结团,
一一塞进隔开的抽屉,
防恐它引爆作乱。

但若一个个世纪迁延,
我便扳手指计算,
把数目一个个递减,
除非我掉入阴间。

若真要等到此生终了
你和我才能相会,
我便把肉身当果皮抛,
领受永生的况味。

可现在,岁月横在中间,
它的长度难以丈量;
它好像是只妖魔之蜂,
蜇我而不声不响。

516 美的劳作

美无法刻意追求，
追，逃之夭夭，
不追，可能留住：
且看草地波涛——

风儿不经意抚摸，
所以翻滚自如；
美是造化的劳作，
你我永难插足。

看海 520

我早早出发——带了
狗去看大海,
美人鱼水底冒出来
看我的风采。

船儿在海面上游
伸出粗麻手,
当我是落难老鼠
准备来搭救。

但无人理我,涌潮
漫过我的脚,
漫过围裙漫过腰,
吓了我一跳——

大海要把我吞了!
像蒲公英露水
说没就没,我得
赶快往后退。

大海在后面紧追,
他银色的足
冲着我脚踝,鞋子
挂满了珍珠。

我一直逃到沙砾城,
他不识此地人,

只瞪我一眼鞠一躬，
大海撤出小镇。

肉与灵 524

就此出发,去接受庭审——
在一个重大午后;
云朵像引座员般躬身,
天地万物在观候。

肉体被降服、销声匿迹,
无常于是开始;
阴阳两界的听众散去,
留下灵魂孤寂。

526 歌声来自哪里

听见黄莺歌唱
可能觉得平常,
或竟然神往。

错的不是黄莺
一味一再啼鸣,
这有赖于听。

耳朵自有所爱,
一如萝卜白菜,
感受在心内。

声音富于魔力
还是白费力气,
必须靠听力。

"歌声来自树林。"——
一个疑惑声音,
不,先生,来自内心。

心中的火 530

你没法把火扑灭,
它能够自燃;
它点在漫漫长夜,
无须用风扇。

你没法折起洪流,
装到抽屉里边;
风儿会把它漏出,
漫过松木地板。

533 两只蝴蝶

两只蝴蝶正午出游——
跳着华尔兹经过农场；
他们径直穿过空中，
然后休息在船的横梁。

然后双双改变了路线——
翩翩飞向闪亮海面；
他们的来去无人提及，
任何港口任其随便。

远方的鸟儿如果说起，
军舰或商船若遇见——
他们已到达苍天的海，
我会觉得那是当然。

536 心的希求

心先是求欢乐,
接着求免痛苦;
后来就只能用药物
使痛苦变缓和。

然后呢入睡了,
如果还有所求,
那就是请求老天爷
赐予死的自由。

540 不自量

我把力量运在手上
前去跟世界较量;
虽然力量不如戴维,
勇气是他的两倍。

我拿石头瞄准目标,
猛用力自己栽倒!
是歌利亚太强大了?
是我自己太渺小?

平生一怕

543

苟于言笑的人最可怕,
我怕他一言不发;
若发号施令我能制胜,
喋喋不休则款待他!

若别人倾囊把他相邀,
这种人却斤斤计较;
这种人我是敬而远之,
而他也自视甚高。

544 诗人和画家

受苦的诗人从不诉说,
他们把痛苦溶进诗韵;
等他们的名字已湮没,
他们的命运鼓舞后人!

受苦的画家沉默寡言,
只愿把画稿遗留人间;
画笔有一天停止挥洒,
一派祥和追随者发现。

无题 546

填补裂痕
该用惹起裂痕的东西;
如果用别的,反会使
裂痕加深,
——你无法用空气
填无底洞。

547 垂死的眼光

我见过垂死的眼光
向空间游移——
好象在寻找什么；
眼神漫漫散涣——
然后——起一层雾——
然后——合起眼皮——
把什么都关起。
已见过了该是福气。

549 爱是不朽

我已经一味怀着爱,
带给您一份证据——
正因为一味怀着爱,
我想一直活下去。

我仍将一味怀着爱,
因为想把您说服——
爱的本质就是生命,
有生命就有不朽。

不要怀疑,亲爱的,
否则我能拿
什么来向你证明?
除了十字架!

551 耻辱与高贵

让高贵的羞耻面对
一份不义之财,
它立刻会无处躲逃,
觉得像犯了罪。

勇敢教他横眉冷对,
良知捍卫高贵;
对他说"你有福了!"
等于判他死罪!

黑莓 554

黑莓腰间被插了刺,
无人听见他哭泣;
照旧为松鸡和孩子
捧出他的莓果子。

他有时倚着矮竹篱,
或者攀上绿树顶,
还可能抱住大岩石,
但他决不要同情。

我们若感情受了伤,
嘟嘟哝哝诉不止;
黑莓他一心总向上,
真该向他摇拇指!

背负苦难 561

我考量所见识的每个悲痛,
用我凝神细察的目力;
我想知道它是否也很沉重,
或者是比我的要轻细。

我想知道他们忍受了多久,
或者是苦难才刚开始;
我自己记不清忍受了多久,
那已是个古老的日子。

我想知道活着是否该痛苦,
是否该经受苦难应试;
如果能让人们两者中选取,
他们会不会是选择死。

我注意到有人很沉得住气,
苦到后来又有了笑颜;
对于这种景况我好有一比:
灯又亮了,油已快完。

如果,让岁月堆积几千年,
人们早先遭受的苦痛
能不能因时间流逝而淡远,
像创口用香油来止痛?

也或者他们在悄悄然忍痛,
用意志贯穿一个个世纪,

而终于明白有更大的悲痛,
如果拿爱的悲痛来对比。

悲痛的人们据说难以计数,
而且是各有各的原由,
死亡是其一,虽只来一次。
死神把眼睛钉牢痛苦。

匮乏是悲苦,寒冷也悲苦,
更有一种人们叫"绝望"——
眼巴巴看着亲人离开故土,
被向着蛮荒之地流放。

我这番推想也许并不正确,
但无论如何对我而言,
推想提供了我彻骨之快乐,
尤其是当我历经灾难。

我注意到苦难有各种各样,
看到多数人的背负方式,
每推想有些人和我的相像,
我甚至便觉得心醉神迷!

救虎

老虎垂死因渴而泣,
我找遍了沙地;
我从岩壁收集水滴,
小心掬在手里。

它已死去睁着大眼,
好像在盼什么;
视网映着两个影像:
一掬水还有我。

我动作太慢了没错,
死了不是不对;
这期间我已经尽力,
只是事与愿违。

诗人 569

照我看,排名应该这样:
诗人第一,第二太阳,
夏天之后是上帝的天堂,
整个名单如此一张!

而回头一看,这个第一
已经包含全体,
后边那些无须再罗列,
诗人便是一切——

诗人的夏是结实的年,
他们也提供太阳,
东方据此已过于灿烂,
无须更远的天堂。

人们敬慕诗人为人间
营造美丽的梦,
无论怎样的高雅恩典
比不过这个梦。

571 关于美

必定是悲哀
或损失之类——
当月光倾向
最美的景况。

景况一旦斜去,
它记下乐曲;
困难会倍加,
如钟乳石下挂。

公共的福祉
会显得便宜,
甚至只一如
容貌有魅力。

我们的诗家
不认为不值——
只配十字架!

偶感 572

欢乐变得图画般美——
透过痛苦体味；
任何添加都是多余——
因为它已完美。

高山若在特定的距离——
琥珀里一幅小景；
走近了，琥珀在奔驰——
天底下崇山峻岭！

灵与肉 578

肉身长在外面——
实在非常方便,
如果灵魂喜欢
躲进这个圣殿。

门虚掩很保险——
来客不会背叛,
灵魂有这躯壳
作诚实的庇护。

胃口 579

好些年里我总是饥饿,
而今竟然来了午餐;
哆哆嗦嗦我走近餐桌,
伸手触摸稀奇酒盏。

这等丰盛本也曾见过,
那是在我回家路上——
别人的窗里食物满桌,
我不敢作非分之想。

而今面前这样的大餐,
完全不是我的习惯;
我与小鸟只习惯分享
自然餐厅一些粗粮。

这等丰盛我难以消受,
我只觉得奇特心慌;
就像草莓从大山之沟
移栽到了大道之旁!

当我触摸这稀奇酒盏,
顿然消失饥饿之感;
窗外的饿汉孜孜以求,
等到入席没了胃口!

婚姻别解 580

我把自己许给他,
接受他做交换;
一生的庄重婚约
就此这般订办。

财富可能很失望,
我本身很贫乏;
比比那位大买主,
我的爱很平凡。

这明摆着不等值,
还是乐了买主;
像小岛出产香料,
买家趋之若鹜。

这可是互相冒险,
终究互相得益;
每晚欠的甜蜜债,
每天记上一笔!

581 语言的局限

每个沉思我都能言表,
唯有一样我无能——
那好像是要我用粉笔
画出太阳的热能

哺育族类黑暗中盎然!
你自己怎样开始?
烈焰可以用洋红表示
或者说正午湛蓝?

火车

585

我爱看它飞快地奔走,
一程程把峡谷舔吻;
它停下在水塔里饮够,
又急匆匆隆隆前奔。

它正眼直视沿途小屋,
绕过绵延崇山峻岭;
它在凿出的通道进出,
通道就像它的紧身。

一路上它不断地怨诉,
有时更是吼声震天;
像声音洪亮的传教士,
有板有眼沿路宣传。

顺着下坡它一路奔驰,
然后,星星般准时,
它很温驯而又威严地
停在自家门前休息。

不忍 588

我哭了，不是皮肉痛，
一个女人在伤悲，
"我苦命的孩子啊！"
听着不忍落泪。

我呆头呆脑了一阵，
日常的平凡——
健康、欢乐或稀罕
无非玩具一般。

有时听人买东西，
看看那包裹，
便知道她们的去处——
看望孩子在天国。

包裹是什么，别碰
也别问，别叹息；
把玩具镀一层金，
是上帝的默示。

如果知道她的姓名，
路上碰到她，
我会打冷战，怕听
她这样说话——

我愿再死一次见他，
对着他的墓穴，

日日夜夜都会哭泣,
给他唱催眠曲。

家 589

寒夜无涯,天际那边
挂着一颗孤星;
不时划来乌云一片,
星星连忙躲隐。

寒风乱拨小灌木丛,
把十一月残叶
一批批地驱赶一空,
还把房檐摇曳。

松鼠躲家里往外瞧,
一只狗蹒跚着
四条毛茸茸的腿脚;
街道空空如也。

摸摸窗户是否关牢,
把小摇椅移到
紧靠在火炉的一边,
心想穷人咋办。

主妇生活挺好的呀,
多么温暖,她想,
对着面前那张沙发,
寒夜像五月天!

594 灵魂的苦斗

灵魂的战斗各式各样,
它跟自身的拼搏
在所有的战役中见长,
也远远重大得多。

没有新闻向外界发布,
无形无影的苦斗
内心开始,内心结束,
难以察觉和守候。

不会有史书给它记录,
每当黑夜的兵马
一次次地被旭日驱逐,
它坚忍,苦斗,作罢。

落日 595

像舞台一束红光强劲
聚焦一棵棵树干,
白天的大戏渐远渐隐,
尾声由树林表演。

天地万物都鼓掌叫好,
这万籁的指挥,此时,
凭了他那身宽大皇袍,
我认出他是上帝。

599 彻骨之痛

有一种彻骨之痛
先吞噬皮肉,
再用梦境盖深渊,
让记忆举步。
那步子晃晃忽忽,
也安然通过,
但是只要一睁眼
就粉身碎骨!

书香 604

面向书籍——多好啊!
经过了一天疲惫;
一半儿沉湎心清欲寡,
苦痛消弥于赞美。

像美味教食客坐定
在那丰盛的桌旁,
书香激越时间,充盈
我这小小的书房。

外边,许是无边荒野,
有失败者的足印;
内心,悠闲而无黑夜,
灵魂回响着钟声。

感谢这许许多多亲眷,
那一张张山羊皮面
都教我期盼而且迷恋,
满足于充实相伴。

609 故园

离别故园已经多年,
此刻我站在门前
不敢推门,怕有张
陌生面孔朝我看——

这张面孔一副茫然,
问我有何贵干?
贵干!我往昔的日子
就住在这里边!

我振作了一下自己,
朝面前的窗凝视;
死寂像大浪般涌来
拍打着我的耳际!

我木然冷笑了一声——
经见过死亡的人
早已学会临危不惧,
竟怕这老宅旧门!

我伸手触摸那门闩,
手指竟不住打战,
害怕那门忽然弹开,
我站在那里颓然!

我连忙移开了手指,
像害怕碰破玻璃;

瞄贼眼我竖起耳朵,
像个小偷般逃离!

自强 613

他们把我圈进庸碌，
像当年对付小孩——
把她关进壁橱，
要她"学乖"。

学乖！他们难以窥察
我的脑子八方跑马；
他们不如关住小鸟
不让鸣叫。

只消自己坚定意志，
办法星星般轻易——
俯视大笑捉拿，
我用此法。

615 人生之旅

这趟旅程早有人先登,
我们则正在行走;
在那人生的三岔路口,
路标指向了永恒。

忽然,我们畏惧而迟疑,
脚步变得缓慢停滞;
我们走过许多村落城市,
如今要穿越死亡林地。

想撤离?谁也不能够——
退路已完全封闭;
永恒在前方挥动白旗,
上帝在门口恭候!

针线活 617

别把针线包收起,
等鸟儿放声唱。
缝纫我马上开始,
歌声使针脚棒。

刚才的针脚歪斜,
因为脑子空空;
歌声使心手和谐,
女皇前甭脸红——

拷边直无可挑剔,
结头——埋隐;
每道褶都很精致,
花点围着圆心。

若需要放下活计,
我把针插缝里;
等我又有了精力,
再把皱折拉直。

有时我梦中缝补,
粗心掉落针箍,
心儿便一阵收缩,
在睡梦中摸索。

海难 619

狂暴的风雨已过,
四个人回到陆地,
四十个消失在
咆哮的海里。

打铃——庆幸有人获救,
敲钟——哀悼邻居、朋友
和一位新郎
葬身鱼腹。

这个事故怎么讲述?
北风在呼啸门户。
孩子问"那四十个呢,
他们不回来啦?"

寂静包裹了故事,
讲的人眼角润湿;
孩子们不再问话,
远处海浪在回答。

620 生机处处

异乡没有什么不同——
冬季之后也是春;
花儿一清早就露面——
豆荚熟了爆出声。

野花林地里点彩灯,
小溪整天在喧腾;
黑羽毛飞过伤心地,
也不调低班卓琴。

那所谓的"末日判决",
蜜蜂从来不在意;
他心头的唯一积郁——
玫瑰花儿要离去。

有感 623

对于你我已经太迟,
对于上帝则还早:
创造,已无能为力,
祷告,尚能做到。

天堂是块首选之地,
如果遭人间遗弃:
他呀总是笑脸相迎——
咱那老邻居上帝!

相会 625

分离实在已太长久,
相会终于到来。
上帝坐在审判席上,
先后判了两回。

这些没了肉身恋人,
一眼见到天堂;
是天堂中的天堂呢,
看那相遇目光!

解脱了时间的管束,
不过不叫新生;
有一点他们早看准——
从此携手永生。

婚礼么? 从来如此:
天堂加上主持,
众仙女和上帝信使——
一位寡言贵宾。

头脑

632

头脑远比天空宽,
若是边贴边,
一个便把一个含——
你也搁里面!

头脑远比海洋深——
忧郁对蓝天,
一个把一个吞进——
海绵吸干水盆!

头脑与上帝等重——
十两对一斤;
如果有什么不同——
声音出拼音!

无题 633

钟声停止,祷告开始,
——钟声积极。

齿轮停歇,轮齿磨绝,
——轮子了结。

读信 636

我读书信自有一套:
先是把门关上,
手指压压确信锁牢,
以便快乐开场。

我躲到最远的一角,
可以避免干扰;
然后抽出小小信封,
轻轻挑开封条。

然后细细察看墙壁,
细细察看地板,
确信老鼠已经绝迹,
没有恶魔后患。

你的熟人难以设想
我是何等快乐!
我不感叹没有天堂,
此刻就是一个!

思念

644

你留下两份遗产,亲,
一份叫作爱;
如果你把它送上帝,
他也会感怀。

一份是在在的悲凄,
大海一样宽;
在时间与永恒之间,
填满我和你。

蜂蝶之乐 647

一条小道非人工所造,
使眼光够得着
蜜蜂的车杠,
蝴蝶的车厢。

且设想城郊有这条道,
——这话我说不好,
只知道也不会有车子
载我逍遥。

痛苦

650 痛苦有一种茫然本质,
它没法记起
何时开始,或何时
已经了结。

痛苦没有前途,它自己
无边无际;
它既包容过去,也昭示
新的痛苦。

654 著名的睡眠

这是个著名的睡眠——
　　天亮了也不用起床；
不伸伸腰动动床板——
　　好个独立自主模样！

谁能比这般更懒散——
　　石板炕床上晒太阳；
把一个个世纪送远——
　　正午了也不抬头看！

657 我的职业

我住着一座适意之屋——
比一般住宅漂亮；
它敞开着无数的窗户——
门面也十分精良。

用坚固的铁杉做壁板——
隔绝怀疑的目光；
那永不会败落的屋顶——
变幻莫测的老天！

我的访客美丽而善良，
我的职业是这样——
我张开我纤细的双手，
收集天堂的宝藏。

向往 661

我多想能随处游荡
像草地上的蜜蜂
走访想走访的地方
没有人前来盘问

整天跟野黄花调情
选其中一位结婚
各地都小住上一阵
或者最好是私奔

没有警察暗地跟踪
要有就倒一把
把他赶进半岛草丛
休想把我捉拿

我说只想做只蜜蜂
乘一只空气之筏
整天在无名乡兜风
远离那铁窗之下

自由！——在地窖牢房
囚徒们无比向往。

选择 664

在所有待塑的灵魂中
我选择了一位;
等感觉在精气中锉灭,
无须再说原委。

当还在的与不在了的
终于融为一体,
一场短暂的世俗演剧
像一粒沙消失。

当大人物在煊赫显耀,
迷雾开裂一条道;
我只看重原子的渺小,
无视所有彩条!

大自然

668

大自然我们看得见——
　　山峦、松鼠、午间,
还有月食和大黄蜂,
　　哦,大自然是个乐园。

大自然我们听得见——
　　食米鸟以及海洋,
还有蟋蟀还有雷电,
　　哦,大自然是篇乐章。

大自然我们都热爱——
　　却没有办法说清楚;
我们的智慧太苍白——
　　面对大自然的朴素。

未来

未来总是不声不响,
当然不是哑巴;
他揭示自己的模样,
运用坚实之法——

一旦时机已经成熟,
行动及时出席;
前此的阻拦或借口,
纷纷逃逸易帜。

对此他总一概默然,
功成抑或厄运,
他的办公室就只管
给他发来电讯。

674 灵魂的嘉宾

有了嘉宾的灵魂
不想再远游;
在家便可以问讯
一群好朋友。

而且礼节也不许
主人的离去;
尤其当来访者是
人间的皇帝。

675 玫瑰油

制玫瑰油,须绞榨
一个个玫瑰花朵;
请不要只感谢太阳,
也有绞榨机的活!

一朵朵玫瑰消逝了,
女人的梳妆台里
留着夏天,虽然她
已迷迭香中安息。

人生 680

每个生命会指向某个中心——
悄悄或言表——
在生命的人性里总依存着
一个目标。

它自己难得会招认它可能
太过于美,
以防备信任的冒昧可能会
把它伤害。

小心地热望着,它像天国
难以抵达,
又像是彩虹的衣衫,无法
去触及它。

但奋力前行,坚信那距离
虽高可攀,
就好像圣徒们持久的努力
可达苍天。

也许,生命的卑微苦斗难以
企及目标,
但是,永恒能够使这种努力
代代仿效。

无题 681

贫瘠的土地,若坚持耕作,
双手必将有获;
棕榈的种子,因非洲骄阳,
在沙滩上结果。

灵魂 683

灵魂之于自身,
既是知心友伴,
又是敌方所派遣的
最揪心的密探。

自当严加防范,
也不害怕背叛;
自应自己主宰自己,
站得挺拔威严。

得与失

684 最好的收益
　　须由损失测试；
而只有损失
　　才能构成收益。

686 哀痛难了

"时间能够减轻哀痛。"
这话不可以当真：
切肤之痛总在加深，
像精力在年龄中！

时间拿哀痛做测试，
它不是治病药品；
若时间能治疗哀戚，
人世间就该无病！

无题 688

雄辩——议会里的把戏，
眼泪——神精使的法宝；
心灵总是负荷已极，
但是永远不会动摇。

记690感

胜利已来晚——
虽低贴冰冷的双唇——
嘴已被霜封
不会品尝。
它本该多甜蜜——
哪怕是一小滴。
上帝就这么小气?
他的酒席摆得高——
谁想吃该踮起脚。
面包碎只般配小小嘴,
小樱桃只适合知更鸟,
老鹰诱人的早餐噎死人。
上帝很守信,可惜麻雀
不懂得爱情,只担心挨饿。

临终 692

太阳在不断下落、下落,
尚无午后的色彩
点染我所熟悉的村落,
正午还在家门外。

暮色在不断降临,降临,
但草叶尚无露珠,
露珠只在我额际消停,
在我的脸上爬流。

我双脚不断僵直,僵直,
但手指仍旧清醒,
我怎么发不出些许声息
回应眼前这情形?

我曾经是多么熟悉光明,
现在我看不清啦,
光在死去我同样,这情形
我知道我不害怕。

699 致猫头鹰

猫头鹰像个检查员——
我父亲这样讲,
他们住家在橡树上。
这儿有个窗沿——

斜搭在去我家路旁——
小路通往谷仓。
如果适合你们安家,
那就不算白搭。

价格吗,不成问题!
只想请你应许
在午夜里唱一支
你拿手的小曲。

701 思绪重现

心头今天袭来个思绪,
我直觉得似曾相识,
显然它曾来过又离去,
但记不清准确日期。

这个思绪曾去过哪里?
今天为何重又莅临?
它是什么?有何意义?
言语难以把它厘清。

但是有一点可以肯定:
它曾驻足我的心灵;
此次它前来别无深意,
只是为了提一个醒!

命运 702

最先默然来到
陌生人的家庭;
然后安然走掉
留下快乐钟声。

最初做的交易
收支十分相符;
命运作的展示
只向信仰公布。

无题 706

生,死,大人物——
悄然漏透
磨坊小小料斗;
烛台边甲虫
以及木笛声声——
生命依旧。

709 关于发表

发表,等于拍卖
人类的心智;
穷困,扯平此类
恶心的交易。

也许,只有你我
能安居陋室,
把洁白还造物主,
不屑去投资。

思想,是造物主
无价的恩赐;
应该归还造物主,
或去卖空气!

市场上,你尽管
出卖嘴脸;
却莫把人的精神
贬作铜钿。

711 源头活水

拼命汲取新鲜思想,
平添我的力量;
像穿越沙漠荒野时,
接过陈年琼浆。

双脚因此变得轻巧,
迈开骆驼步态;
一个个严密的头脑,
激出多强的爱!

彩车 712

我不想停下来等死,
死神便好心等我;
彩车里装着你和我,
"不朽"也坐一起。

我们慢悠悠它也不急,
我不想劳累自己,
也不想一味闲适;
死神则很是彬彬有礼。

我们经过学校,孩子们
课间奔跑在运动场;
我们经过金黄的田野,
经过那西去的夕阳。

不过夕阳先我们西下,
露水牵来了寒气;
我只穿了薄薄的绢纱,
披肩也轻得可以。

在一座房前我们稍停,
房子像隆起的土包——
几乎辨不出哪是屋顶,
屋檐全紧贴着地表。

经过了无数这般岁月,
却觉得比一天还短;

我抬起头看了看前面,
见马头全朝向永恒。

713 关于名气

我本人该有的名气,
不用别人喝彩;
喝彩是一顶高帽子,
在我所需之外。

我本人无缘的名分,
且请不要阿谀;
我的别名叫作超群,
王冠于我多余。

714 有感

太阳忙碌了一天,
晚上睡眠;
大自然和人照办。
而有些懒虫
当自然和太阳做工,
他们做白日梦。

小乞丐 717

小乞丐，你死得太早，
是因为太冷么？
因为挨门挨户太累了？
更可能因为啊——

世界残酷要献媚弯腰，
一派附势趋炎，
不闻一声胆怯的"面包"
请求太太可怜！

救世主招回这些孩子，
那疲惫的双脚
还能不能够站得牢靠，
忘却雨雪风啸？

小小手曾经死乞白赖
举着讨一毛钱，
那位从不穿补丁先生
居然只给白眼！

718 苦涩的记忆

我本想一到就找她，
死神有同样安排；
死神他抢先了一步
他得手而我失败。

我本想向她表白，我是
多么渴望能相聚，
可恨又被死神抢了先，
她已经跟他而去。

如今伴我的唯有漂泊，
栖息已无容身之地——
像飓风的特权是漩涡，
空虚，是我的记忆。

726 伟大的圣水

先是口渴,造物使然,
稍后,我们咽气;
祈祷的手托着一只碗,
水珠向我们洒滴。

解除这般纤细的渴求,
有更直接的妙手;
请用西天伟大的圣水,
它的名字叫不朽。

致

729

变换！小山常常换衣衫，
闪现！阳光忽隐忽现，
他拿不准自己的光辉
是不是人世间的完美。

过量！水仙花张着小嘴，
总也饮不够甘甜露水；
——知道我对你吗，先生？
猜这些比喻最适合谁！

致 730　我已经从蝴蝶的身上
　　　　搞到些美丽；
　　　　动这法定继承者脑筋
　　　　都是为了你。

女人

732

她开始了为他尽职,
放弃爱玩的自己,
埋头受尊敬的劳作,——
她是女人兼妻子。

如果她在新生活里
失去自己的空间
和曾经的敬畏、期盼,
像金子磨损不断,

无人评说;一如大海
哺育水草和珍珠,
只有大海自己明白
它们达到的深度。

739 世事渺茫

多少次我以为和平来了,
和平却渺无踪影;
失事的船以为那是陆地,
他们却在海中心。

一个个挣扎得精疲力竭,
无望得犹如鄙人;
何其多构想的缥缈海岸,
一心想到达港湾!

四棵树 742

四棵树在一块孤寂地
不是设计
或次序,或分明有意
维持

太阳一大早关照他们
风儿
算是近邻,除了上帝
无人

这块地由他们打理
用阴凉,松鼠,还可能
引动一个过路孩子
留意

他们的占有大自然已
划归
也许他们各自有行止
谁知。

悔恨

744

悔恨是记忆的苏醒,
伴随着躁动不安;
恶事错事浮现原形,
在门口,在窗前。

往事摆在灵魂面前,
把一根火柴划亮;
为便于仔细地察看,
以帮助拉长信仰。

可是悔恨无药可治;
上帝也拿他没法;
它其实是上帝意旨,
入地狱最适合它。